虐げられた第八王女は冷酷公爵に愛される

序章　一夜の過ち

クラウディアはアタナシオス王国の八番目の王女。

好色な父王は見境なく側妃や妾《めかけ》を娶《めと》り、たくさんの子供を産ませた。

その結果六番目の側妃から産まれたのがクラウディアだった。

父王には三人の王子と八人の王女がいたが、多くの王女は嫁ぎ先がすでに決められ、国内や国外へ追いやられるように嫁いでいった。

今、城に残っているのは婚約間近の第二王女を含む四人の王女と三人の王子のみ。

そしてある日ついに、クラウディアは父王から死刑宣告のように縁談が告げられた。

「第八王女よ。ローレン王国のカサラティーダ王との縁談が決まった。王国へは三カ月後に輿入れする。準備をしておけ」

玉座で気怠《けだる》そうに肘をつき、特に思うこともない様子で業務連絡のように淡々と言われる。

「……はい、かしこまりました……」

玉座の前で床に膝をついたクラウディアは、一言返事をしてその場から立つ。

きっとこの父王は自分の名前すら覚えていない。いや、そもそもどうでもいいのだろう。

「失礼いたします。陛下」

最後に謁見の間の扉の前で、体に合わないドレスのスカートの裾を持ち、礼をして頭を下げる。すぐに振り返り近くにいた騎士に扉を開けてもらうと、クラウディアは速やかにその場を立ち去った。

カサラティーダ王は御年五十五歳。

こちらも父王と同じく好色家で、側妃が何人もいると聞いたことがある。

陽の当たる廊下を歩きながら、クラウディアは絶望の淵へと追いやられた。

――いつかは来ると覚悟はしていた。

どんな男性に嫁ぐことになろうとも仕方がないと。

クラウディアに残された最後の時間は、あと三カ月。

(でも、もうジークフリート様にお会いすることもできないなんて……)

クラウディアにはある頃から慕っている男性がいた。

それは名門であるアサラト公爵家の嫡男、ジークフリート。

幼い頃から王宮に出入りしていた彼は、光り輝く銀髪に鋭い切れ長の黄緑色の瞳を持っており、精悍な顔立ちは見目麗しく背丈も高い。

騎士団に勤めているため、スラリとしてはいるが筋肉質で、体格もよかった。

そんな容姿端麗で公爵家の嫡男という確固たる地位にいるジークフリート。

一方、王女といっても末席で、母は儚くなりもう何の後ろ盾もない、クラウディア。

最低限の使用人とともに離宮で細々と暮らしていて、十八歳になった今でも、正式なパーティーには出たこともない。

さらには十六歳で行われるデビュタントすら忘れられているようなクラウディアが、彼の眼中に入るわけもなかった。

（他国へ行くくらいなら……、このままどこかへいってしまおうかしら……）

だが縁談の決まったクラウディアを、父王が逃がすはずもない。

――となると、方法は一つ。

離宮へと戻ったクラウディアは早速準備に取りかかった。

◇◇

その日の舞踏会。

クラウディアはいつも通りメイドに成りすまし、給仕に精を出していた。

クラウディアは肩甲骨辺りまで伸ばした、少し毛先に癖のある暗めな金髪を一つにまとめて結い、王族特有の緋色の瞳を隠す特殊な黒縁眼鏡をつけ、メイド服に身を包んでいる。

ジークフリートが王宮にやってきたときにはお茶を淹《い》れ、給仕をし、王宮の侍女長ですらクラウディアを使用人の一人だと思いこむほど溶けこんでいた。

「ラス、今夜も大変だな」

「もったいなきお言葉でございます。ジークフリート公子様」

ジークフリートの好みを知り尽くしたクラウディアは、彼が王宮にやってくると専属の世話係として側にいて、こうした場でも声をかけられるくらいには気に入られていた。

クラウディアは淑女の礼をとり、また仕事に向かう。配膳をしながら、これから自分のすることの罪悪感に胸が押し潰されそうになる。

ジークフリートは婚約が噂されている第二王女とファーストダンスもこなしていた。ダンスを終えたジークフリートは最後まで優雅に第二王女をエスコートし、クラウディアのもとに戻ってきた。

そんな彼に、クラウディアは葡萄酒を渡す。

「公子様、お飲みものをどうぞ」

「あぁ、気が利くな。ラス」

ゴクリと飲み物を飲み込むのを見届け、普段であればすぐに立ち去るが、今日はその場を離れなかった。

怪訝な様子を見せることなくジークフリートは葡萄酒を味わっていたが、しばらくすると様子がおかしくなってくる。

苦しそうに汗を掻き、眩暈を覚えているかのように足元はふらついている。

肩を大きく動かして息を荒らげて、彼は壁にもたれかかった。

「くっ、……身体が、熱い……」

「それは大変です！　近くのお部屋で少し休まれてはいかがでしょう？」

「そう、しよう……」

ジークフリートは意外にもあっさりとクラウディアの策略に嵌《は》まった。

クラウディアはジークフリートとともに会場から離れると、あらかじめ用意していた部屋に案内し、綺麗にセッティングされたベッドへ彼を寝かせた。

「ただいま侍医を呼んでまいります。横になってお休みください」

「あぁ……。すま……ない……」

ジークフリートは真っ暗な部屋で目を閉じて横になる。

クラウディアは部屋を出ていく振りをして鍵をかけると、急いでメイド服を脱ぎ下着姿になった。

眼鏡を外して舞踏会で使われる仮面を身に着け、いつもはお団子にしている金髪も解《ほど》く。

そして苦しそうに呻きながら眠るジークフリートの手足を縄でベッドの柱に縛ると、彼に近づきわずかに起立して硬くなっている布越しの性器へ手を伸ばした。

「うっ……、あぁ……」

震える手で触ると、どんどんソレが硬くなっていく。

クラウディアは処女で経験などなく、閨教育《ねやきょういく》も受けていない。

書庫で読んだ本の知識と、たまに目にした父王と側妃たちの睦み合う姿を思い出して、事に及ぼうとする。

「なっ！　誰……だ！」

身体が軽く痙攣《けいれん》すると同時に目を覚ましたジークフリートが起き上がろうとするが、手足を縛られているせいで起き上がることができない。

「くっ……、やめ……ろっ……」

しかし、いくら媚薬が効いているとは言っても、拘束を外されてしまえば彼の力には敵わない。

クラウディアはジークフリートの下穿きを急いで下ろした。

暗闇であまりハッキリ見えないものの、初めて目にするその大きさに恐怖してしまう。

（こ、これが、ジークフリート様のっ……！　どうしていいかわからないけれど、薬が切れない内に急がないとっ！）

焦りだけが先走るクラウディアは、急いでジークフリートの上へ跨がった。

起立している男根を蜜口に当て、何の潤いもないそこに体重をかけて挿れようとする。

「……いッ⁉」

あまりの痛みに思わず声が漏れた。

先端の太い部分すらうまく入らないのに痛みだけが酷く、局部がメリメリと裂けるように悲鳴を上げている。

激痛と罪悪感で涙がどんどんあふれていく。

なんとか半分くらいまで収めると破瓜の鮮血が流れ、そのおかげか無理やり挿入したジークフリートの男根は何とか最後まで収まった。

「……っ、……ふ」

これで長年の思いは遂げられた。

身体を引き裂かれるような痛みで気を失いそうになるが、その気力だけで押し留まった。

「お前は、何者、だッ……」

繋がっている部分が痛くて熱い。クラウディアは激痛に苦しみ、跨ったまま動くことができない。

「おいっ……、はな……せッ……」

ジークフリートは繋がりながらも、手足を荒く動かし抵抗を続ける。

(側妃たちはたしか相手の上に乗り上げ、身体を動かしていたはず……)

クラウディアは必死で思い出し、記憶にある側妃たちの姿を真似て腰を上下に動かした。

「ふっ……くッ!」

クラウディアの局部に、先ほど感じた以上の酷い激痛が走る。

ジークフリートは顔を背け、その時だけは抵抗を止めた。

薬のせいとは思うが、彼は悦びを感じてくれている。

クラウディアはそのことが嬉しかったし、痛みに気を失いそうになる自分の唯一の救いでもあった。

激しい痛みと戦いながら、クラウディアはジークフリートの腹に手を添え必死に動いた。

苦痛しかない行為に何度も動きが止まりそうになったが、時折聞こえるジークフリートの声を励みに最後までやりきった。

「……くっ、あぁッ!」

ジークフリートが痙攣《けいれん》するように腰を何度も動かし、自分の中で爆ぜたのがわかる。熱い液体が自分の中に注がれ、ようやく終わったんだと安堵し、また瞳から涙があふれた。

ジークフリートは吐精のあと、体の力が抜けたようにベッドへ横たわっている。

クラウディアは痛みに耐えて男根を抜くと、急いで布巾を取りジークフリートと自分の性器を拭き、ジークフリートの衣類を整えた。

そしてまとめてあったメイド服を持ち、あらかじめ用意しておいた長めのフードを被った。

まだ荒く呼吸を乱し、ベッドで横たわったまま朦朧とした彼は、弱々しい声でクラウディアを呼び止める。

「……ま……て……」

局部がズキズキと痛み、立っていることさえやっとなクラウディアは、力の抜けそうな身体を奮い立たせ、ベッドで縛られているジークフリートのすぐ前へと立った。

「ジーク、フリート様……もしまた、お会いすることがあるならば、その時は……、私を……殺してください……」

そう告げ、持っていたナイフでジークフリートの手足の縄を切ると、痛みに震える体に鞭打ちそのまま足早に部屋を後にした。

離宮へと戻ったクラウディアはまず湯に浸かった。出血が酷く、拭った布巾からは血が滴《したた》っていたが、構うことなくそれを燃え盛る暖炉に投げ込んだ。

それだけでなく、仮面や下着、メイド服もすべて燃やした。

（これで証拠は残らない……。もう二度とラスにはなりませんわ）

世の女性はあんな痛い思いを毎晩して旦那様に尽くしているのか、とクラウディアは燃え盛る火を見て考える。

自分なら耐えられないし、もう二度とあんな行為をしたいと思わない。あんなものは拷問と同じだ。ジークフリートだから耐えられたが、あんなことを他の人間とするなんて死んでも無理だ。

一通り作業を終えたクラウディアは、疲れ果てた体をベッドに沈める。

古びたベッドの中でシーツに包《くる》まると、そのまま眠りについた。

翌日は足腰が立たず、下腹部はズキズキと痛み、脚には全く力が入らなかった。

その日は動けずに寝て過ごしたが、使用人も一日に一度しか来ないので、この時ばかりは好都合だった。

そんな状態が続き、三日目くらいからようやく少し身体が動くようになった。

王宮から逃げ出ることも考え、自分の持てるだけの宝石類を集めて袋にまとめ始めることにした。

微々たるものだったが、これからのことを考えると少しでもお金に換えられるものを集めておかないと、と危機感を覚えていたからだ。

そう、コツコツ準備を重ね一カ月が経ち、いつも決まった日に訪れていた月のものが遅れていることに気づいた。

「うっ！　……うぅ……」

吐くわけでもないのに、吐き気が止まらない。

お腹が空いたりするとさらに嘔吐感が強くなる。

そのうち寝ているだけで精一杯になって食欲もなくなり、クラウディアはさらに痩せていく。

使用人が父王に報告し宮廷の侍医が診察したところで、大変な事実が明らかになった。

「国王陛下。どうやら第八王女様は……身籠《みごも》っておられるようです」

「な、なんだとぉっ!!」

突然の懐妊報告に、父王はクラウディアを呼び出し激昂した。

「貴様は王家の恥だ!!　お前の身分もすべて剥奪する！　このまま王宮から去れッ!!」

そして、着の身着のままクラウディアは王宮から追い出された。

この日のために様々な準備をしていたクラウディアは、離宮のすぐ外に隠してあった鞄一つに収まる荷物をこっそり持ち、長年住んだ離宮を後にしたのだった。

◇◇

王宮を出たクラウディアはある伯爵家の邸宅に、メイドのラスとして働きながら身を寄せていた。

子供の父親は病死したことにしていたが、そんな身重の未亡人という状況を嘆いた伯爵夫人の温情により、雇ってもらえるようになったのだった。

宮廷作法を学んでいたクラウディアにとって、侍女の仕事というのは天職に近い。

ただ瞳の色だけは隠さなくてはならないため、特殊な眼鏡は王宮から持ち出し、常に身に着けるよう心がけていた。

働き始めて四カ月が経つと吐き気も収まり、お腹は少しずつ大きくなっていた。

「ラス、子供の調子はどう？」

「順調よ。最近はお腹がポコって少し弾むの」

「ならよかった。……でも、あなたも難儀よね。旦那様が病気で亡くなってしまうなんて……未亡人は大変よ？」

「えぇ……わかっているわ。あの方の分も私が頑張らないと……」

日々大きくなるお腹を愛おしげに触るクラウディアを見て、同僚の侍女が痛ましそうな表情を浮かべる。

「どこかの後妻として娶《めと》ってもらえるといいけれど。その身体じゃ難しいわね」

たしかにそのほうが楽かもしれないと、ふと考える。

食には困らないし、子供との暮らしの心配をしなくても済む。

だが、クラウディアは現状に満足していた。

「大丈夫よ。この子のためにも私が頑張るわ」

「母は強しね！　私も協力するわ！」

「ふふ。ありがとう」

クラウディアは同僚の侍女ににっこりと笑って、止まっていた作業を再開した。

◇◇

それからさらに月日が経ち、クラウディアは臨月を迎えた。

全てが初めての彼女は、伯爵夫人や出産経験のある同僚から聞かされる話に恐怖を募らせていた。

出産は怖い。

また痛くて怖い思いをしなくてはならないし、下手をすれば命を落としてしまう。

クラウディアの母親も身体が弱く、自分を産んだときに還らぬ人となった。娘である自分もそうなるかもしれない。

出産への不安と、日々変化する体の不調に悩まされながら、クラウディアはついに産気づいた。


「オギャッー、オンギャー!!」

「元気な男の子ですよ。まぁ……なんて綺麗な赤ちゃんですことっ!」

産まれた赤ん坊は瞳の色はクラウディア譲りの王族の緋色の瞳だったが、あとの特徴はすべてジークフリートのものを受け継いでいる。

産婆は産まれたての赤ん坊をおくるみで包んでいたが、わずかに開いたその瞳の色を見て、ハッと顔色を変えた。

「この瞳の色……まさかこの子はっ……」

「どうか、このことはご内密に願います……この子は何も知らないほうがいいのです」

クラウディアは簡素なベッドで産後の疲れを癒やしながら、産婆へ伝える。

激しい痛みに死んでしまうかと思った。あの日からもうずっとこんな思いばかりしかしていない。

(きっとこれは彼を謀《はか》った罪の痛みなのでしょうね)

そう思いながらクラウディアは気を失うように眠りについた。


それから半年が経ち、オースティンと名づけた男の子はすくすくと元気に育った。

見事な銀髪に緋色の瞳。とても使用人の息子には見えない高貴な容姿。

その外見は、伯爵夫人の目にも止まっていた。

とある日、クラウディアは伯爵夫人の部屋へと呼ばれた。

夫人は豪奢な椅子に腰かけ、部屋に入ったクラウディアに鋭い眼光を向けた。

「ラス。あなたの子供……オースティンは、一体誰の子供なのかしら？　あの輝く銀髪に紅玉のような美しい緋色の瞳……どう見ても王族、もしくは公爵家の血筋だと思うの」

刺すような視線を受けるも、クラウディアは立ったまま沈黙する。

この事実は決して人に言えない。

「奥様……申し訳ございません……。たとえ奥様でも言うことができないのです」

クラウディアは泣きながらそう訴える。

すると夫人はそっと椅子から立ち上がり、クラウディアのもとへ近づいた。

「もしかして貴女は、公子様が捜されているお相手なの？」

ジークフリートが捜している相手、というのは知らない。捜しているのではなく、憎らしく想っている相手、というのなら思い当たるところがあるが。

涙をエプロンの袖で拭いながら、クラウディアは首を横にぶんぶんと振った。

「公子様は関係ございません。お会いしたことも、拝見したこともございません」

もし次にジークフリートに会えば、自分の命はない。殺してほしいと言ったのは他でもないクラウディアだ。

あのときはそれでもよかった。むしろジークフリートに殺してもらえるなら本望だった。

だが、今はオースティンがいる。

あの子を一人置いてこの世を去るなんて、そんな薄情なことはできない。

（ここまで知られてしまったのだから、もうここにはいられないわ）

クラウディアはため息をつく夫人からそっと離れ一礼し、部屋から飛び出す。

そのまま荷物をまとめ、眠るオースティンを抱きながらその日のうちに伯爵家をあとにした。

伯爵家から逃げ出したクラウディアは、人里離れた王国の山間《やまあい》にある小さな村に身を寄せていた。

この小さな村には、王家や公爵家のことなど知る者はいない。

しかしそれでも特殊な眼鏡は常にかけ、ごくたまに町に出る時も羽織を目深《まぶか》に被り、身なりを隠す。

さらに、村の中でも比較的安全な獣の少ない山奥に住み、人との接触も極力避けて暮らしていた。

そして一年が無事に過ぎ、一年また一年……と月日は流れ、オースティンは六歳を迎えた。

「母様、こちらです！」

オースティンはクラウディアのおかげで六歳になる頃にはきちんと敬語やマナーを覚え、文字や数字も書けるようになっていた。

（この子は本当に、ジークフリート様にそっくりだわ。……もし彼に見つかってしまえば、言い訳など通用しないわね）

家の近くの森を駆け回るオースティンを見て、クラウディアはあの頃を思い出していた。

あの出来事からすでに七年もの年月が経っていた。

クラウディアは二十五歳になり、逃亡生活を続けながらも穏やかな日々を送っていた。

「オースティン、あまり遠くへ行ってはいけませんよ。もう冬も近いから一緒に薪割《まきわ》りをしましょう」

「はい、母様。お任せください！」

にっこり笑う姿が幼いながらに眩しく映る。

オースティンは頭がいいのか、大抵のことは一度で覚えてしまう。

まだ子供だから失敗することもあるが、それで終わらず、自分でできるまで何度も何度もやり直し、納得するまで諦めることはなかった。

今では薪割《まきわ》りもクラウディアよりオースティンのほうが上手なくらいだ。

「あなたはとても頼りになるわ！　母様の自慢の息子ですよ」

「嬉しいです、母様」

そしてまた新しい季節を迎えようとしていた。

第一章　再会

その日は、春初めの曇り空だった。

「母様。あっちの山の向こうから、たくさんの蹄《ひづめ》の音がします」

山育ちのせいか、血筋のせいか、オースティンは普通の人間より耳が良かった。

二人で家の外にある畑の世話をしていたとき、オースティンはふいに目を瞑って麓のほうを指さした。

「ついに、来たのね……」

こんな辺鄙《へんぴ》な村に馬に乗った一団が来るなど、普段ならまずない。

（ついに、見つかってしまったのね！　おそらくジークフリート様が私を殺しにやってきたのですね）

クラウディアはすぐに思い立ち、自身の体を抱きしめて恐怖に震えた。

身分を剥奪された彼女を今さら王家が捜す理由はない。だとするとジークフリートしか考えられない。

しかしまだオースティンは子供。殺されるわけにはいかない。

「オースティン、逃げますよ！」

「わかりました、母様」

クラウディアは農具を放りながらオースティンに叫ぶと急いで家の中に入り、この時のためにまとめておいた逃亡用の荷物を家の奥に置かれた棚から引っ張り出し、担ぐ。

そして、しゃがんでオースティンと視線を合わせると、不安げに瞳が揺れる彼に話しかけた。

「まとめてある荷物は母様が持ちます！　いいですか。もし母様が捕まっても、あなただけはどこか遠くへ逃げなさい。わかりましたね」

「どうしてですか……。そんなのは嫌ですっ！　僕も母様と一緒にいます！」

「オースティン……」

クラウディアとてオースティンと離れたくはない。

だが、クラウディアはジークフリートに捕まれば殺されてしまう。

もしジークフリートの子を身籠《みごも》っていたなどと知られれば、きっとジークフリートの逆鱗に触れ、オースティンの命をも奪われるかもしれない。

自分はどうなっても構わない。

……だが、オースティンは別だった。

（神様……！　どうぞお見守りください。この子だけは、オースティンだけは、無事に生き延びられますように！）

クラウディアは心の中で祈り、目の前の幼い身体を抱きしめた。

「母様はいつでもあなたを思っています」

「僕もです！　ずっと母様の側にいます！」

「オースティン、それはなりません」

「いえ、母様。……もう遅いです」

気づいたときには、クラウディアにもわかるほど蹄《ひづめ》の音が大きくなっていた。

「まさか、もうっ！」

クラウディアはハッと顔を上げ、急いで立ち上がろうとする。しかし乱暴に家の扉が開かれ現れたその人物を見て、動きが止まった。

「やっと見つけたぞ……ラス」

靴音を荒々しく立てて入ってきたのは、今生ではもう二度と会わないように、と願っていた彼《か》の人で――

「ジークフリート……公子様……」

「ようやく会えたな」

精悍な顔に冷然とした笑みを湛《たた》え、ジークフリートはクラウディアのすぐ前で立ち止まる。

クラウディアの顔は蒼白に染まり、冷や汗が頬を伝った。オースティンを抱きしめる体が小刻みに震える。

もちろん嬉しさからではない。死に直面した恐怖からだ。

（……オースティンだけは守らないと！）

そう思うが、開いた扉の向こうには、騎士団が待機している。おそらく家を囲うように騎士団が配置されているのだろう。クラウディアを逃がさないために……

クラウディアを見ていたジークフリートだったが、彼女が抱きしめるオースティンを見て目を瞠《みは》り、動きを止めた。

「……その子供は？」

クラウディアはとっさに立ち上がり、オースティンを自分の背に隠す。

そして目の前に立つ男を威嚇するように、静かに睨みつけた。

「お久しゅうございます。ジークフリート公子様……このような辺鄙《へんぴ》でみすぼらしい場所に何の御用でございましょうか？」

クラウディアは震えながらも、彼から視線を外さない。

艶《つや》のある銀髪と、黄緑色の切れ長の鋭い目をそなえた端整な顔立ちは、見る者全てを魅了する。

精悍な顔はそのままで、歳を重ねたことでさらに色気が増したように感じた。

（この世で一番会いたくて、でも一番会いたくなかった人）

「その子供は、と聞いている」

彼の静かな怒りが込められた言葉に、身が凍えるような恐怖を味わう。

だが、ここで怯《ひる》めばオースティンを守れない。

自分はどうせここで殺される。

しかしオースティンを守るために、少しでも生き残る可能性を増やさなければならなかった。

「母様……この人は？」

クラウディアの背後に隠れていたオースティンが、小さな声で話しかけるが、そのわずかな声さえジークフリートは拾ってしまった。

「母だと？」

キツく握りしめられた拳と怒りに満ちたような声音に、肝が縮む思いを味わう。

冷汗が背中を伝い、震えが止まらない。

オースティンがいなければ、今頃恐怖に倒れていただろう。

「ご、誤解です！　この子は幼い頃に引き取った親戚の子でございます！　決して私の子では……」

クラウディアは背後にいたオースティンを抱きしめ、ジークフリートに背を向けた。

しかしクラウディアの発言など聞かず、ジークフリートは彼女の顔に手で触れると、荒々しい手つきで彼のほうへ向かせる。

そしてそのまま、眼鏡をスッと取り上げた。

「何をっ⁉」

「……そなたの瞳は紛れもなく王族の証。これまでにたった一人、王女が王宮を追放されたと記憶しているが」

顎を引かれ、黄緑色の冷たい瞳で見下ろされる。

「――ッ！」

あまりの恐怖に言葉すら出ない。

体が震え膝から崩れ落ちそうになった――その時。

ジークフリートの体が突き飛ばされた。とはいっても、少し距離が空いたほどだったが。

「母様に近づくなっ！」

しかしその狭い隙を縫うように入り、オースティンは二人の間に立った。クラウディアを庇うように、ジークフリートの前で両手を広げ、睨みつけた。

「おやめなさい！　オースティンっ!!」

思わず我が子を背後から抱きしめる。

「オースティン、か。その銀髪は紛れもなく公爵家の血を継いでいる証拠。そして、その緋色の瞳は間違いなく王族の証」

怒るわけでもなくジークフリートは淡々と喋る。

そしてその調子のまま、告げた。

「ラスよ。そなたと私の子か？」

核心をついた言葉に、クラウディアは体中の力が抜けて頽《くずお》れそうだった。ただ踏ん張れたのは他でもない、我が子オースティンがいてくれたおかげだ。

クラウディアはその問いかけに、否定も肯定もしない。答えることに意味がないからだ。

「答えられないのか？」

「……」

黙ったままオースティンを抱きしめ、クラウディアは覚悟を決めた。

これは自分の犯した過ちだ。自分が清算しなくてはならない。

クラウディアは立ち上がってジークフリートへ向き合うと、静かに口を開いた。

「私はどうなっても構いません。この子を生かしてくださるのでしたら、その問いにお答えいたします」

「ほう。私と取り引きしようと言うのか？」

感情の読みとれないジークフリートの言葉。昔の話にはなるが、長年見てきたからわかる。ジークフリートは真意を見定めているのだ。

ただどれだけ探ろうともクラウディアの気持ちなどわからないだろう。

クラウディアはジークフリートから視線を外し俯く。

クラウディアには事実を話す以外のカードが何もない。

そもそもジークフリートならば、取引などせずとも無理やり吐かせることはできるだろう。だがその可能性は防がなければいけない。

「なんと思われようと私は真摯にお話ししております。もしお約束していただけないのであれば、こちらにも考えがあります」

「……考え？」

不思議そうに問うジークフリートに、クラウディアは表情をピクリとも動かさず、近くにあった果物ナイフを手に取った。

そのまま首元に果物ナイフを当てると、ジークフリートは焦るように声を荒らげた。

「なっ⁉　ラス、正気か⁉」

この表情は本物だ。嘘偽りのない焦りをジークフリートは見せている。クラウディアは確信した。

畳み掛けるように彼女は言葉を続ける。

「私が懸けられるものなど、この命以外にはございません。私がここで命を絶てば、永遠に事実は闇の中です」

どうせ殺されてしまうのなら、この際使えるものはなんでも使う。

たとえそれが自身の命であろうとも。

「母様だめです！　やめてください！」

普段泣くことなどないオースティンが涙を流し、悲痛な表情でクラウディアに縋る。

だが、クラウディアはナイフを当てたままジークフリートを見つめ、答えが出るまで微動だにしなかった。ナイフを当てた首筋がちくりと痛み、一筋の鮮血が流れる。

「やめろ！　そなたと子供の命を取ることなどしないっ！」

「私の命は保証していただかなくて結構です。ですが、この子だけは！」

「嫌です！　僕は母様とずっと一緒にいます!!」

オースティンは体を震わせて泣きながら、クラウディアに抱きついて離れない。

「やめるんだっ！」

ジークフリートはクラウディアの手首を掴み、ナイフを強引に奪う。そしてそのままナイフを床に投げ捨て、掴んだ手首を彼のほうへ引いた。

「誤解するな！　私はそなたを傷つけたいわけではない！」

ジークフリートはクラウディアの手首を握りしめたまま、声を荒らげる。そのまま動くことはせず、じっとクラウディアの瞳を見つめていた。

元よりジークフリートという人は冗談も通じない冷血漢で、何を考えているのかわかりにくい人だった。しかし今は、さらに彼が何を考えているのか全くわからなかった。

「ラス……そなたをずっと捜していた。こうして見つけた以上、逃すつもりはない」

「やっ！」

「そなたに話がある。私と共についてこい」

底冷えするような低い声で、クラウディアを睨み、手首を力強く掴むジークフリート。

（……そこまで、私を憎んでいるのですね）

こうしてクラウディアを捜し出したのも、七年前の出来事がジークフリートにとって心の底から許せなかったからだろう。

「……わ、かり、ました……」

ここまで来た以上、ジークフリートから逃げることなどできない。

諦めと脱力を覚えながらも、クラウディアは彼女に抱きついていたオースティンに手を伸ばした。

「オースティン。こちらへ来なさい」

オースティンだけは逃がそうと思っていたが、結局ジークフリートから逃げられたとしても、家の前で待機している騎士団に捕まってしまう。

ジークフリートはオースティンに危害は加えないと言った。ならばこのまま一人で逃がすより、ジークフリートと共に行くのが良いのかもしれない。

ジークフリートに手首を引かれたままクラウディアはオースティンの肩を抱き、腰回りに寄せたまま二人で歩き出した。

「母様、あの人は一体誰なのですか？」

クラウディアはオースティンの問いかけに答えることができなかった。

墓場まで持って行こうとしていた秘密は、我が子相手でも絶対に話すことはできない。

「オースティン……ごめんなさい」

「どうして謝るのですか？　母様は何も悪くないです！」

「……いえ、全て……母のせいなのです」

ただひたすらに、ジークフリートに聞こえないほどの小声でオースティンへ謝罪することしかできなかった。

クラウディアはジークフリートに外へと連れ出される。

家から出てきたジークフリートの物々しい様子に、外にいた騎士たちは戸惑いを隠せていなかった。

「乗るんだ」

ジークフリートは有無を言わせずに公爵家の家紋がついた馬車へクラウディアを押しこむ。オースティンも共に乗せられたことにホッとした。

「母様っ！」

隣に座ったオースティンが、すかさずクラウディアに抱きつく。

クラウディアも彼を抱きしめ返していると、その馬車にジークフリートも乗りこんだ。

冷酷な雰囲気をまとった彼が馬車に乗るだけで、一気に空気が凍りつく。

「出せ」

一言、そうジークフリートが指示すると、馬車がゆっくり動き出す。

まるで牢獄にでも送られる囚人の気分だった。

◇◇

馬車の中では長い沈黙が流れていた。

オースティンはその間もクラウディアから離れず、ずっと抱きついていた。

クラウディアはジークフリートを一瞥もせず、ひたすらオースティンの背中を撫でて宥《なだ》めていたが、目の前に座る男からの視線をひしひしと感じていた。

ジークフリートは腕を組み、クラウディアの様子をずっと窺《うかが》っている。

ひどく居心地が悪い。あまりの気まずさに吐き気すらしてしまう。

何か話してほしいわけではないが、訳もわからず見られているのは生きた心地がしない。

そもそもなぜジークフリートはすぐに自分を殺さなかったのか、不思議で仕方なかった。

ジークフリートの人となりをある程度理解しているクラウディアからすると、あの場で斬り捨てられてもおかしくなかった。

しかもクラウディアの要望まで聞いた。

脅しもしたが、クラウディアが知っているジークフリートは、そのようなことで譲歩したりする男ではない。

何もされていないことが逆に恐ろしくて、まるで地獄行きの馬車に乗っている気分だった。

（でも、オースティンを助けてくださると仰った……それだけでもう、悔いはないわ）

極度の緊張と張り詰めた命のやり取りに疲弊していたクラウディアは、揺れる馬車に眠気を誘われ、オースティンを抱きしめながら知らぬ間に意識を手放してしまった。


「――ス、ラス。起きろ」

「ん……」

ぼんやり目を覚ますと、すぐ目の前にジークフリートの顔があった。

「やっ……！」

恐怖のあまり慌てて彼を手で押しやり身を引いてしまったが、なぜかジークフリートが傷ついたような顔をしている。

何をしようとしたのか、と疑問に思いつつ、クラウディアは自らの手を引っ込めた。

「ん……母様？」

クラウディアと寄り添い寝ていたオースティンも、クラウディアの声で目を覚ましたようだ。

「いえ……大丈夫です。オースティン」

隣で座っていたオースティンを抱き寄せ、顔を見ながらわずかに笑顔を見せた。

無防備に寝ていた自分が恨めしい。ジークフリートの前で一瞬足りとも油断してはいけないはずなのに。

「そなたは子供の前でなら笑うのだな」

立ち上がってクラウディアを見ていたジークフリートの口から、そんな言葉が漏れた。

言葉の意味がわからずジークフリートを怪訝に見遣るが、ジークフリートは表情を曇らせ、クラウディアを冷たく見ているだけだった。

「来い。降りるぞ」

ジークフリートはクラウディアから視線を外すと、先に馬車の外へ降りた。

「母様。ここはどこですか？」

オースティンがクラウディアの顔を見上げて聞いてくる。クラウディアにもわからないが、おそらくアサラト公爵家に着いたのだろう。

「あなたはこれから、こちらでお世話になるのです。失礼のないように過ごしなさいね」

それを聞き、抱きしめた腕の中でオースティンが不安そうな顔でクラウディアを見上げた。

「母様は……？」

「……オースティン、これから何があっても強く生きていくのですよ」

クラウディアはオースティンからの問いに答えることはなく、彼から体を離しもう一度微笑んだ。

久しぶりにジークフリートを見たせいか、改めてオースティンがジークフリートにそっくりだと思い知らされる。

知らぬ間に自分に子供がいた、しかも望まぬ行為によってできた子供だとわかれば、ジークフリートは不快に思うだろう。

（結局私は、自分のことしか考えていなかった。これは傲慢な自分に返ってきた当然の天罰なんだわ……）

自分のしたことの浅はかさを再認識してしまう。

心の奥底に押しこめていた罪の意識が襲いかかるのを感じながら、クラウディアは目の前にある屋敷に視線を向けた。

第二章　アサラト公爵家

「ラス、いい加減降りろ」

外で待っていたジークフリートが、なかなか降りようとしないクラウディアに不機嫌そうに催促してくる。

クラウディアは馬車の中で胸元をぎゅっと握り、覚悟を決めて馬車から降りる。馬車の脇ではジークフリートが手を差し伸べて待っていた。

しかし差し出された手の意味がわからず、そのままその手を避けるように馬車から降り、そして次に降りるオースティンの脇を掴んで抱き上げて降ろした。

「ラス……いい度胸だな」

低い声で偽名を呼ばれ、ビクッと体が跳ねる。これは紛れもなく怒っている声だ。

見上げると、顔を引き攣らせて横に降りたクラウディアを見ているが、クラウディアにはジークフリートがなぜ怒っているのかまったくわからなかった。

とりあえず「失礼いたしました」と言い頭を下げ、目の前に広がるアサラト公爵邸を再び見つめる。クラウディアが初めて見る貴族の邸宅は、まるで王宮のように広大だった。

しかしクラウディアにとって、巨大な建物というのは嫌な思い出しかない。

広い建物、広い空間、たくさんの人々……賑やかなのに何もない。虚しいだけの造形物という思い出しかなかった。

「ついてこい」

ジークフリートに案内されて、公爵家の入口手前で停められていた馬車から屋敷に続く道を歩き進む。脇にはたくさんの使用人が待ち構えていた。

「母様、人がたくさんいます」

物心ついた時から人里離れた場所に住んでいたオースティンにとって、これほど多くの使用人を目にしたのが初めてだからか、綺麗にお辞儀をしている使用人たちの脇を通りすぎながら、物珍しそうに眺めていた。

屋敷の扉の前で、見覚えのある人物がクラウディアたちを出迎えてくれる。たしか昔からジークフリートに仕えていた若い側近だった……とクラウディアは何とか思い出した。

「お帰りなさいませ、ジークフリート様」

「貴方は……ブライアン様」

「おや。たしか貴女は……王宮で侍女として仕えていた、ラスでしたね？」

ブライアンは伯爵家の三男で、年はジークフリートとあまり変わらなく、茶色の髪に青色の瞳、垂れ気味の目のおかげで優男《やさおとこ》に見える。

しかし伯爵家の誰よりも頭が切れる頭脳派で、早い段階でジークフリートに認められた策略家だ。じろじろとクラウディアのみすぼらしい身なりを確認していたが、彼の視線がクラウディアの顔へ移る。そしてブライアンはハッとしたような表情を浮かべた。

「貴女のその瞳は――」

「ブライアン、詮索はいい。この子供の面倒を見ていろ」

「子供……？　こ、この子はっ⁉」

オースティンに視線を落としたブライアンは、さらに目を瞠《みは》った。クラウディアの背後に隠れていたオースティンだったが、ちらっと二人の様子を窺《うかが》ったときに顔はしっかりと見えていたのだろう。

輝く銀髪に緋色の瞳。まるで幼少期のジークフリートを見ているような錯覚を起こすほど、よく似た顔立ち。

「ジークフリート様、いつの間に子を儲けたのですか？　一向に婚約する気配すらないのに、まさか王族との間に隠し子とは……」

ブライアンは驚き半分呆れ半分といった様子で呟き、オースティンをじっくり観察している。

しかしその呟きに、クラウディアは疑問を抱いた。

（……ジークフリート様が、結婚をされていない？）

クラウディアが王宮を離れて、もう七年が経とうとしている。

当時ジークフリートは、第二王女と婚約すると噂されていた……というより、ほぼ決定事項だった。

つまり第二王女との婚約を破棄したのだろうか。

そうクラウディアは考え込んでいたが、ふいに手首を掴まれた。ビクつきながらその主を見ると、ジークフリートが眉間に皺を寄せながら、こちらを睨みつけていた。

「ラス。その子供をブライアンに引き渡すんだ」

「……なぜです」

「そなたに聞きたいことが山ほどある。私と共に来るんだ。ブライアン、良いと言うまで何人《なんぴと》たりとも部屋に近づかせるな」

睨むように言い放たれたクラウディアは、とうとう来るべきときが来たのだと腹を括《くく》った。

クラウディアは一度小さく息を吐くと屈《かが》み、背後に隠れるオースティンと視線を合わせた。

「オースティン、少しの間こちらの方と一緒にいてくださいね」

「母様はどちらにいらっしゃるのですか？」

「安心なさい。母様はお話ししてくるだけです。こちらのブライアン様はたくさんの本を読まれている博識なお方ですから、あなたが聞きたかったことをなんでも教えてくださいますよ？」

クラウディアはあえてブライアンに聞かせるために、声を大きくして話した。

オースティンは好奇心旺盛で何でも知りたがるのだが、クラウディアが答えられないことがこれまでたくさんあった。

安心させるようにクラウディアは穏やかに微笑んだ。

もうオースティンに会うことはないかもしれない。だが今は、「オースティンは助ける」というジークフリートとの約束だけが自分を支えてくれていた。

「オースティンと言うのか。お兄さんと一緒にお部屋に行こうか？　本が好きなら書庫に案内しよう」

状況を察したブライアンが、クラウディアに抱きついていたオースティンの前で座り、笑って気さくに話しかけている。

オースティンはクラウディアに抱きつきながら、ジッとブライアンを観察して口を開いた。

「嫌だっ！　僕は母様と一緒にいる！　僕や母様をよく思ってないのにヘラヘラするな！」

「オースティン!?」

いつも穏やかなオースティンが、牙を剥くようにブライアンに食ってかかっている。

オースティンがここまで警戒している姿を見るのは初めてで、クラウディアは驚きを隠せなかった。

最初こそ呆気に取られたブライアンだったが、すぐに興味深そうにオースティンを見て、口角を上げた。

「ははは。ジークフリート様、この子には間違いなく貴方の血が流れていますね。人の感情を読み取ることに恐ろしく長《た》けている。しかも母様と言うラスと同じ緋色の瞳……なるほど、そういうことですか」

会話の流れとその場の状況で、ブライアンはすべてを理解したようで、クラウディアとジークフリートを交互に見て、ため息をついた。

「ジークフリート様。お捜しの相手がようやく見つかったようですね。心中お察しいたしますが、感情のまま行動するのは得策ではございません。必ずご自重くださいませ」

「うるさい奴め。私がそんな軽率な行動をすると思うか」

「軽率とは言っておりません。感情のままの行動はお控えくださいと――」

「減らず口を叩く前に子供の面倒を見ろ。わかったな」

「わかりました、手短にお願いしますよ。ではお坊ちゃま、参りましょうか」

ジークフリートの言葉に「どうだか」と言った様子のブライアンだったが、すぐに主人の言う通りに、クラウディアに抱きついていたオースティンへ手を伸ばす。

しかしオースティンはぎゅっとクラウディアの服を掴んだまま、離れようとしない。

クラウディアはオースティンの頭を撫でた。

「オースティン、行ってきなさい。母様もあとで迎えにいきますよ」

オースティンに向かい、なるべく悟られないように笑顔で話すが、まだオースティンは不安そうだった。

昔から耳が良いだけでなく、わずかな感情の変化を機敏に悟る子ではあったが、ここに来てからそれが余計に強くなったように思う。

「ラスとはあとで会わせてやる。だが今はお前の母と話さなければならないからな、大人しく待っていろ」

痺れを切らしたジークフリートがオースティンを見下ろし、淡々と話す。

「――母様、気をつけて。あの人は危険です。母様を狙っています……！」

ジッとジークフリートを見上げて、オースティンはクラウディアに忠告する。

クラウディアはオースティンの言葉に肝を冷やした。

(——やはりこれから、ジークフリート様は私を殺そうとしているのね)

「ハッ、これは聞くまでもないな。この子供は紛れもない公爵家の血筋だ。しかも私の血が色濃く流れている」

ジークフリートにじっと見られ、クラウディアは体を震わせる。

「時間が惜しい。行くぞ、ラス」

「オースティン、あとで会いましょう。大人しくしているのですよ」

クラウディアはオースティンを離し、再び頭を撫でる。

笑顔でオースティンにそう言い聞かせ、最後にぎゅっと抱きしめた。

「……わかりました。母様、必ず僕のもとに帰ってきてくださいね」

「えぇ、約束です」

ニコリと笑い立ち上がると、クラウディアは少し進んだところで待っていたジークフリートのもとへと足を進めた。

◇◇

ジークフリートの背中を眺めながら、クラウディアは廊下を歩いている。

どこに案内されるのかわからないが、死刑台に続く道を歩かされているような気分だった。

ただ、オースティンは助けてもらえる。

オースティンの成長を見届けられないのは悲しいが、それだけでもう思い残すものなどない。

ジークフリートがこれから自分と話があるように言っていたが、今さら話し合いなどしても無駄なはず、とクラウディアは考えてしまう。

どうしても自分に物申さないと気が済まないのだろうか。

クラウディアは物思いに耽けりながら歩を進めていた――と、そこで目の前を歩いていたジークフリートの逞しい背中にぶつかってしまった。

「あ！　も、申し訳ございません……」

しかしジークフリートはそれに一切返答しない。

いつの間にか歩みを止めていたジークフリートから恐怖のあまり離れようとするが、彼は突如振り返ったかと思うと、クラウディアの手首を引いて近くの部屋に入った。

バタンッと扉が閉じ、部屋の中へ入るやいなや、手首を強く引かれる。

「――えっ……？」

「ラス……ラス！」

直後に起きたことが理解できず、唖然としてしまう。

まるで愛しい者でも呼ぶように偽名を呼び、がっしりとした太い彼の腕がクラウディアを抱きしめる。

思わず大きく目を見開く。思考は止まり、頭が真っ白になってしまう。

(――これは……夢？　もしかして私はすでに殺されていて……生きていた頃の願望が幻を見せているの？)

とにかく疑問しか浮かばず、まるで現実味がない。

だがその間も抱きしめる力は徐々に強くなっていく。

「ずっと、そなたを捜していた。ようやく、見つけた……もう決して、離しはしない！」

力強く抱く腕の力、安堵が含まれているのか、震える声音。

――そして狂おしいほど、自分を求める言葉。

クラウディアはさらに狼狽《うろた》える。

思考はまったくまとまらないが、クラウディアはジークフリートが自身をずっと捜していたのだけは理解した。

果たして、殺したいほど憎い相手をこのように強く抱きしめるものか。

ジークフリートにされるがまま腕に抱かれ、動くこともできない。

(あぁ、さすがは公爵家だわ。置いてある家具一つ取っても洗練されてるわ)

考えることを拒絶したクラウディアは、横目で部屋の様子を観察しながら、関係のない家具などの内装に思いを馳せ現実逃避していた。

しょせん非凡なジークフリートのすることなど、凡人のクラウディアには見当もつかない。

オースティンの今後の問題も解決して、あとはどうとでもなればいいと投げやりになっていたし、長い長い逃亡生活に疲れていたというのもあった。

それゆえに、クラウディアはジークフリートからの抱擁をそのまま受け止めていたのだった。

しばらくジークフリートはクラウディアを抱きしめていたが、やがてふいに口を開いた。

しかしそれは先ほどの切実な言葉を囁いていたときよりも低く、恐怖すら覚える声音だった。

「……あの日私に薬を盛り、凌辱したのはそなただな？」

クラウディアの体がビクリと震える。

突然、決めつけたように吐かれた言葉で、現実に引き戻された。

嫌な汗が背中を伝い、流れていくのがわかる。

息がうまく吸えず、浅い呼吸を繰り返す。

ここはなんと返すべきだろうか。

おそらくジークフリートの中で答えはわかっているのだろう。

それをあえてクラウディアに聞いたのは、その罪を認めろ、と暗に言っているのだ。

「……はい」

ポソっと、聞き逃してしまうほどの小声でクラウディアが呟く。

ここまで来て否定することは得策ではない。たとえ否定しても、言い逃れなどできやしないのだ。

様々なことを調べ上げ、その調査結果をもとにクラウディアを捜し、連れてきたのだろう。

無駄なことを一切しないジークフリートに抵抗しようなどという浅はかなことは考えていない。

「ずっと疑問だった。そなたはあのような愚行を犯すほど、愚か者ではなかったはずだ。どうしてあんなことをしたのだ？」

辛辣な台詞に、返す言葉を失う。

ジークフリートがどう思っていたか不明だが、それでもクラウディアは実際にその愚行を犯したのだ。

クラウディアはジークフリートの胸を押し身体を離すと、静かに口を開いた。

「いえ……私は、愚か者でございます……」

離れた場所から改めてジークフリートを眺めた。

ジークフリートはクラウディアと三つほど離れていたので現在は二十八歳。

昔も今も変わらず精悍な顔立ちはそのままで、年相応の貫禄のようなものが加わったように思う。

遥か昔に恋焦がれた憧れの君は、月日が経とうとも色褪《あ》せず、消えかけていた恋心が久々の再会で蘇りそうなほど煌《きら》びやかな光を放っているようで。

自分ばかりが年を取り、女として生きることも忘れ、みすぼらしい身なりでジークフリートの前に立っていることを改めて認識して、心の底から自分自身への恥ずかしさと憐憫《れんびん》が湧いてくる。

王女とは名ばかりの王族。

今は身分も剥奪されてしまった。

「公子様、私はあのときにお願いいたしました。もし次にお会いすることがあれば……私を殺してください、と」

視線を合わせ、しっかりとジークフリートを見つめたままクラウディアは話す。

ジークフリートもクラウディアを見たまま、視線を外さずに立っている。

「貴方様が何を思い、なぜ私をここに連れて来られたのかわかりかねますが……約束は違《たが》えることなく守ります。自らの犯した過ちは自らの命をもって償わせていただきます」

唯一気掛かりだった我が子オースティンは、ジークフリートが面倒を見てくれる。

もう心残りなど何もない。

煌《きら》びやかでも派手でもないつまらない人生だったが、好いた者に殺されるならそんな最期もいいのかもしれない。

これでようやく、様々なことから解放される。

「ラスよ。そなただけは、いつも見えない」

「…………はい？」

ジークフリートの口から話の筋から逸れた言葉が返ってくる。

唐突に言われたクラウディアは、話の意図がまったくわからず、思わず首を傾げてしまう。

しかしジークフリートは戸惑うクラウディアを意に介さず、そのまま続けた。

「アサラト公爵家は代々、人の感情を読み解く能力がある。そなたの息子、オースティンもその能力が色濃く出ている。さらにアサラト公爵家の人間は五感のいずれかが異常なほど発達する傾向が強い」

淡々と話すジークフリートは嘘を言っているようには見えない。そもそもジークフリートは嘘などという無駄は一切好まない。

「私も例に漏れず、幼い頃から聴覚が異常に発達し、さらに感情の起伏を色に映し機敏に読む能力があった。アサラトの血が強い証拠だが、ずっとそれに悩まされていた」

クラウディアにとって、初めて聞く話だった。

たしかにジークフリートは神経質で細かい部分があったし、物事の優劣や人の好みもかなりハッキリとしていた。

「人間など大体は媚びる者、打算を働く者、貶める者といったものばかりで、私が会った人間のほとんどが同じ色をまとっていた。初めはそれに耐えられなかったが、年と共にうまく使い分けられるようになれた。そして慣れ始めた頃、そなたと出会った」

ジークフリートに鋭い視線で見据えられ、心まで見透かされているようだった。居心地が悪く、思わず視線を逸らしてしまう。

「侍女として出会ったそなたを見て驚いたものだ。そなたからは何の色も感じなかったのだからな」

「私の、色……？」

「私には、大抵の人間の体からオーラのような色が出ているように見えるのだ。悲しみは青、怒りは赤、平穏なら緑という感情を表す色だ。だがそなたには何もなかった。そんなものは死んだ人間と同じだ」

ジークフリートの言葉にビクッと体が震える。

それはどういう意味だろう。ジークフリートはクラウディアが死人だとでも言いたい、ということなのだろうか。

そんなクラウディアの考えを読み取ったのか、ジークフリートは軽く頭を横に振った。

「誤解するな。そなたを愚弄している訳ではない。それほど珍しい事例だということだ。感情の読み取れないそなたが物珍しく、そこから目で追うようになった。その当時、作法も所作もまるでなっていない、ただの田舎娘だと思っていたしな」

ジークフリートに言われ、クラウディアも思い出した。

あれはもう十年以上も前の話だ。

クラウディアが王宮で侍女として働き始めた頃を思い出す。

そもそもなぜ王家の人間であるクラウディアが侍女として働き出したのか。

——それは食べるものがなかったから。

十歳を過ぎたある日、元々出入りの少なかった離宮の使用人が、ついに一日に一度しか来なくなった。

夕食以外は食事にありつけず、クラウディアは常に空腹だった。

あまりにお腹が空いたある日、意を決して離宮から抜け出した。

人の目を掻い潜り、どこにあるかもわからない調理場を探し迷い込んだ部屋に、使用人の服が置いてあった。

年の割に背の高かったクラウディアはそこで思いついた。

（誰も私のことなどわからない。だったら使用人に成りすまし離宮を抜け出せば、ご飯が食べられ

るかもしれない）

そしてなんの因果か、偶然にも別の部屋には瞳の色を隠せる特殊な黒縁の眼鏡まで無造作に置いてあった。

こうしてクラウディアはお仕着せと眼鏡を身にまとい、使用人として紛れこみ使用人のために用意された食事にありつけた。

それ以降、食事にありつくために、たびたび侍女として働くようになったのだ。

「そのようなことも、ございましたね」

今となっては懐かしい、当時のクラウディアにとって使用人として働いていた頃が一番楽しい時間だった。

初めこそジークフリートのことなど、なんとも思っていなかった。

むしろ宮廷作法を学ぶまでは、ジークフリートによく小馬鹿にされており、何が気に入らないのかと対立することもあった。宮廷作法を学びジークフリートに認められるまで相当時間がかかり、そして認められてからは彼への恋心に気づいてしまった。

クラウディアの異母姉である第二王女との婚約の話も早い段階で上がっていたジークフリートに対し、なぜ好意を抱いたのかと自分の愚かさを呪うほどだった。

「あの頃の私はまだ幼く、稚拙で世間知らずで……自分のことしか考えることのできない愚かな人間でした」

ぽつぽつと罪を自白するかのように、クラウディアは呟く。

王族とは名ばかりの貧相な生活。デビュタントすら忘れられた末席の王女。

侍女として働きながら気づいたのは、まだ使用人のほうが人間らしい暮らしをしている、という事実。

煌《きら》びやかな王宮に潜む、闇のような部分。所詮、自分は籠の中の鳥だった。

決められた食事、決められた場所、決められた結婚。

外の世界もわからず、好きでもない相手に嫁がされて死んでいく。まるで道具のような扱いに耐えられなかった。

腕を組み、クラウディアを見ているジークフリートの視線が痛い。

胸元を握り、耐えられない苦しさに顔を顰めた。

「……一つ聞こう。そなたはなぜ、わざわざ侍女に変装し王宮で働いていたんだ？　そなたの瞳は紛れもなく王族の証だ。意味もなく王宮で働くなど考えられん。周りの情報を集めるためか？」

なんとも見当違いなことを言われ、クラウディアは思わず苦笑する。

なんの力もないクラウディアが周りの情報など集めて何の意味があるのか。

王女なのに冷遇されていたこと、いつも第八王女と肩書きで呼ばれ名前など誰も覚えていないこと、毎日空腹に苦しみ使用人に扮して食事にありついていたこと、そしてクラウディアがジークフリートに恋焦がれていたことなど、ジークフリートにわかるはずもない。

――そしてこれからも知る必要のないことだ。

「お好きなように推測されて構いません。貴方様がそうだと思えば、それが事実だと言うことです」

おそらく彼の好奇心から聞いたもので、実際クラウディアが何を考えていたかは重要ではないのだ。

「……ラス」

「公子様は無用なお喋りを好まないお方ではありませんでしたか？　昔話など……今さら、どうでも良いのです。処罰するのでしたら一思いに消してください。覚悟は疾《と》うの昔よりできております」

お互いに牽制するかの如く、見つめ合う。

少しして、ジークフリートは満足げな表情を薄く浮かべた。

「……覚悟はできているか？」

「はい。如何様にも……」

「ほう、すべてを私に委《ゆだ》ねると言うことか……いい覚悟だ」

彼がクラウディアの脇を通りすぎ、部屋の扉へと向かっていくのを、疑問に思いながら見る。

なぜだか話が合っていないような違和感がある。

ジークフリートは昔から気難しい人間ではあったが、まだ話は通じていた。

だが今のジークフリートは違う。しばらく会わない間にさらに難解になった。

客間と思われる部屋からジークフリートが扉を開けて出ると、近くにいた使用人を呼び、何やら話している。ただ、話している声は聞こえるが、内容まではわからなかった。

しばらくして、ジークフリートは部屋へ戻ってきた。

「では、そなたの覚悟とやらを見せてもらおう。外にいる使用人についていけ。私は部屋で待っている」

立ったまま様子を見ていたクラウディアに、ジークフリートは真顔で話しかける。

いよいよか、とクラウディアは服の胸元を握った。

「かしこまりました。仰せのままに……」

くたびれたスカートをわずかに広げ、ジークフリートに一礼をする。

ジークフリートが部屋の外へ出ると、クラウディアは言われた通りに外で待機していた使用人のあとをついていった。


連れて行かれた場所は湯浴み場だった。

基本的に庶民は風呂には毎日入らない。クラウディアも王宮にいたときすら毎日は浸からなかった。というのも、薪《たきぎ》をくべるのに金と手間がかかり大変だからだ。

(ジークフリート様はなぜ、このタイミングで私に湯浴みを？　……死ぬ前に身なりを整えろということなのかしら……？)

使用人三人がかりで身体を磨き上げられ、髪も綺麗に洗ってもらう。人に洗われることに慣れていないクラウディアは、つい身を縮こまらせてしまう。

湯浴みも終わり、バスローブ姿で椅子に座りながら髪を乾かしてもらっている。思わず使用人に声をかけてしまう。

「あの……あとは自分で、できますので……」

「とんでもございませんわ、お館様の大切なお客様ですもの！　わたくし共が念入りにお支度させていただきます！」

椅子に座ってされるがままになっていたクラウディアに、三人の使用人が意気揚々と話す。

（大切なお客様？　お支度？？　なんの話をしているのかしら？）

やはり何かがズレている。

クラウディアはこれからジークフリートの手によって葬られ、天へと還るはずなのだ。

いやもしかしたら、アサラト公爵家では極刑に値する人間をこんな風に扱うのかもしれない。

しっかりした貴族の教育を受けておらず、長い間田舎に隠れ住んでいた自分に常識がないだけで、これが世の普通なのかもしれない。

クラウディアはとにかく口を噤んだ。

どちらにせよ、ジークフリートがそうしろと言っているのだから、従うしかない。

ある程度支度が終わると別の部屋へ移動し、見たこともないような精緻なレースの下着を身に着け、その上から薄紅色の薄手のナイトドレスをまとった。

なんとも心許ない格好が恥ずかしく、クラウディアはナイトドレスの裾を握りしめた。

「あの……これではない服装は、他にございませんか？　このような姿で公子様にお会いすれば、不快に思われてしまうかと……」

まだ膝下まで長さがあるからいいが、胸元は大きく開き、服の素材は心許なく透けそうなくらい薄い。さらに中の下着に至っては、みっともなくて誰にも見せられない。

これが最期に着る服なのか、とクラウディアは思わずジークフリートの品性を疑ってしまいそうになる。

だが使用人たちはクラウディアの姿を見て、なぜだか嬉しそうに手を合わせている。

「何をおっしゃいますか！　お館様がそのように思われるはずはございません。殿方でしたらどなたでもお喜びになりますわ」

「お化粧もいたしましょう！　元々綺麗なお顔立ちでいらっしゃいますから、薄めの化粧で十分映えますわね！」

こちらの言い分が聞かれることはなく、案内された鏡台の前に座らされ、パタパタと化粧を施される。

姿見で自分の格好を見ながら、クラウディアは使用人の言葉の意味を考える。

果たしてジークフリートがこの姿を見て喜ぶのだろうか。

どう考えても、冷ややかに侮蔑する姿しか想像できなかった。その場面を思い浮かべると、ゾクリと寒気がしてしまう。

（そうまでして私を嘲笑《あざわら》いたいの？　……あんなことをした女なら、こうした格好がお似合いだとでも言いたいのかしら……）

こんな姿のまま息絶えることは、クラウディアにとって屈辱でしかない。

ジークフリートを凌辱した罪として、娼婦のような格好で死ねと言われているようで、キリキリと胃が痛み始めた。

（これも、甘んじて受けなくてはならないの？　まだ潔くあの場で斬り捨ててもらえたほうがよかったのに……）

考えている間に化粧は完成し、そこから新たな装いに着替えることもなく、クラウディアは使用人に連れられて鏡台から離れる。

「さぁ、お館様がお待ちでございますよ！」

使用人たちはニコニコとして歩き、ジークフリートのもとへと送り出してくれるが、クラウディアにとっては地獄への道のりを歩いている気分だ。

わからないことが多すぎて気分が悪くなるが、最期の花道だと自分を奮い立たせ、どうにか足を進めた。

第三章　房事

使用人の案内で連れてこられた部屋はとにかく広く豪華な造りだが、どこか無機質な感じも見受けられた。

ジークフリートは部屋で待っている、と言っていたが、その部屋には誰もいなかった。

「ただいまお館様をお呼びいたします。そちらにおかけになり、お待ちください」

パタリと扉が閉まった途端、無性に心細くなる。

そちら、と言われた先に目をやると高級そうなソファが置かれているが、こんなソファに自分が座るなど恐れ多くて近寄れず、入口近くの隅で立っていた。

部屋の中央にある頑丈そうな広い机には、たくさんの書類が積み重なっている。机の側には棚が並び、難しそうな背表紙の厚い本がきっちりと詰め込まれていた。

部屋の隅には何人も寝られそうなほど広いベッドが置いてあった。

クラウディアは視線をカーテンの向こうへ移した。

カーテンは閉まっており漏れ出る光はなく外は夜。時計を見ると普段寝る時間が近づいていた。

（オースティンはどうしているかしら。ご飯は食べさせてもらえたかしら……虐められていないといいのだけれど……）

今、クラウディアの心を占めるものはオースティンのことのみ。

自分のことなど二の次だ。

あの子を守れるのもわかってやれるのも、母である自分だけ。でももう側にいてあげることはできない。

真っ白な部屋の壁に背中を預け、ぼんやりと一人考える。

その時、足音と共に扉が静かに開いた。

すぐに壁から背中を離し、姿勢を正す。

扉を開け部屋へと入ってきたのはジークフリートで、先ほどまで着ていた騎士服から、ラフな格好へと変わっていた。

クラウディア同様湯浴みを済ませて来たのか、まだ若干髪が濡れている。

部屋に入ってキョロキョロと周りを見渡し、部屋の隅で立っているクラウディアを見つけると、安堵したように息を吐いた。

クラウディアは身を縮めながら俯き、ジークフリートを見ることはしなかった。

「ラス。なぜそのような場所にいる？」

腰に手を当て不思議そうに聞かれるが、これから葬られる相手の部屋で腰をかけて待つなど、クラウディアにはできなかった。

「私のことなど……気になさる必要はございません」

「座って待つように伝えたはずだが……」

「私が座らなかっただけです。使用人の方はきちんと仰っていました」

顔を横へと逸らし、なるべくジークフリートを見ないように努めた。ジークフリートに自分を見てほしくない、見られたくない思いからの行動だった。

「我儘ではありますが、罰をお与えになるのでしたら手短にお願いいたします。あと、私がいなくなったあと、オースティンをよろしくお願いいたします」

ナイトドレスの胸元を手で隠したまま腰を折り、深々と頭を下げた。

「罰か……。そなたはそれほど罰を受けたいのか？」

ジークフリートが放つ言葉の意味がわからずに、目の前の男へ顔を上げた。

受ける受けないではなく、それほどの罪を犯したのだから、相応の罰を受けることが当然だと思っていた。

ジークフリートも、クラウディアが犯した過ちが許せないからこそ捜し出したのではないのか。

「……公子様の仰る意味が、凡人の私にはわかりません」

「それと私は公子ではない。爵位を継承し、公爵となった」

「公爵、様……？　では、前アサラト公爵様は……」

驚きと共に疑問が浮かぶ。

クラウディアも何度か王宮で見たことがある。前アサラト公爵――ジークフリートの父親は厳格であったが、齢もまだ若く健康だったはず。

なのに結婚すらしていないジークフリートに爵位を受け継がせるのは、さすがに早すぎる。

ジークフリートはわずかに眉尻を下げ、腰に当てていた手も下ろした。

「そなたが王宮を去って二年ほど経った頃、王都で酷い疫病が流行したのだ。私の父はその病に倒れ、なんとか回復はしたものの後遺症が残ったので、母と共に療養のため領地の山荘へ移った。それと同時に私が爵位を継承したのだ」

壁際に立ち、静かに話を聞いていたクラウディアはショックを隠しきれなかった。

前アサラト公爵は王国騎士団をまとめる将軍で、元々騎士団長として活躍していたほど屈強な体をしていた。ジークフリートはそんな父親をとても尊敬しており、自らも体を鍛え父親を超えることを目標としていた、と記憶している。

普段と変わらないように見えるジークフリートだが、この表情は落胆しているときのものだ。

クラウディアは胸元で手を握りしめながら目を伏せる。

「心中お察しいたします。あの素晴らしく頑健であった前公爵様が病に倒れようとは、誰が想像できたでしょう……。一日も早い御身の回復を願っております」

そのままクラウディアは祈るように両手を合わせて握り締めた。今しか祈ることができないのだから、たとえ無礼だとしても許してほしい。

自分のほうが先に天へ還る予定だが、他の人間まで不幸になってほしいとは思わない。

ジークフリートはクラウディアの姿を見てグッと拳を握り締め、そのままクラウディアから顔を逸らした。

「その様子だと、やはり知らぬか……」

顔を背けて話すジークフリートは珍しい。話しづらそうに言葉を濁すジークフリートを見るのは初めてだった。

「知らぬとは……？　どのようなことでございましょう？」

聞くのも躊躇《ためら》われたが、クラウディアは直感的に自分に関わることだと察した。

「……そなたの父君である前国王陛下も、その流行り病で崩御された」

「ほう……ぎょ……？」

——あの父王が死んだ……

ジークフリートが放った一言で、クラウディアの表情がスッと消えた。

「左様でございますか。国王陛下といえども人の子ですので、病で亡くなることもございましょう。それが逃れられぬ天命というものです」

淡々と、なんの感情も籠めず、クラウディアは話す。その様子に困惑したのか、ジークフリートは呆気に取られていた。

「……ラス」

「私にはなんの関係もないお方です。今の私は王族ではございません。ただの一庶民です」

強がりではなく、クラウディアに感じるものはなかった。

嬉しいとも、悲しいとも。何も思うことはない。

実際に対面したことは数えるほど、かけられた言葉もほんの二言三言だったものだから、そもそも父王のことなどろくに覚えていない。

最後に聞いたのは、追放されたときの激昂した父王の怒鳴り声だけだ。

ジークフリートはクラウディアの様子をジッと見つめていた。

クラウディアは「そんなことより」と父王の話を一蹴すると、先ほどの表情とは一変して、心配そうな顔を浮かべた。

「オースティンは大丈夫でしょうか？　我儘を言う子ではありませんが、感性が鋭い分、他人を警戒することがございます。新たな生活に慣れるまで、長い目で見ていただければ幸いです」

クラウディアにとって一番の優先事項はオースティンだ。

他のことはどうでもよかった。

ジークフリートは静かにため息をつくと、口角を微かに上げた。

「……オースティンは書庫で何時間も過ごしたあと、ブライアンを質問攻めにしていたそうだ」

そう告げると、クラウディアのもとへと一歩ずつ歩みを進める。

オースティンの様子を聞いて安心していたクラウディアだが、ジークフリートが近づいてくることに怖さと抵抗を覚える。

だが背後は壁で、逃げることは叶わない。

胸元をぎゅっと握り、俯いたまま身体を竦《すく》ませてただ耐える。

クラウディアが立っているすぐ前で、ジークフリートは立ち止まった。

ふわりと香るジークフリートの匂いで、忘れかけていた昔の恋情が一瞬蘇る。

「食事も摂《と》らせたが……そなたのことを頻《しき》りに聞いて不安そうにしていたそうだ。気丈に振る舞っていたようだが、寝る前は声を殺して泣いていたらしい」

「あの子が……！」

オースティンの状況を聞いた途端、クラウディアの胸が悲しみで押し潰されそうになる。

賢く聞き分けの良い子だが、まだ六歳。

子供の頃のクラウディアもずっと一人でいたから、オースティンの気持ちが痛いほどによくわかった。

（あぁ、オースティン！　……今すぐ抱きしめて、大丈夫だと慰めてあげたいのに……）

しかしクラウディアにそれはもうできない。

自分の罪を償わなければならないのだから。

「ラスよ、今一度聞こう。オースティンは私とそなたの子なのだろう？」

俯き悲観的になっていたクラウディアは、ジークフリートの質問にビクリと肩を震わせた。

オースティンの外見的特徴、瞳の色、さらには血筋による能力の有無までハッキリしていてなお、ジークフリートはクラウディアの口から事実を知りたいらしい。

「そなたがこれまで、他の男とどれほどの付き合いをしてきたかわからないからな。そなたの口から聞くまでは信用しない」

クラウディアの心臓が嫌なほど速く鼓動する。

言いたくはないが、言わなくてはならないのだろう。

亡き父王が懐妊の事実を知った時、激怒した様を思い出した。

（また、責められるのね。いえ、でも悪いのはすべて私なのだから、甘んじて受けなくてはならないわ。ジークフリート様がお許しになるとは思えないけれど……）

そう、覚悟を決めて、クラウディアは重い口を開いた。

「……はい。オースティンには、貴方様の血が流れております……」

クラウディアは俯いたまま目を固く閉じていた。

怖くてジークフリートの顔が見られなかったからだ。

他の男との関係を思い出す必要もないほど、これまでクラウディアは異性との接触がなかった。

オースティンが産まれてお世話になった伯爵家から出たあとは、山奥でひっそりと隠れるように生きていた。

その間、人との接触をなるべく少なくしていたのだから、異性との交流などなおさらない。

紛うことなくオースティンは、ジークフリートの子供。

それに何より、クラウディアはジークフリート以外の男性と交わることなど、したくなかった。

「やはりそうか」

ある程度目星がついていたのか、ジークフリートは当たり前のように受け入れた。決して声を荒らげることなく、気のせいか先ほどより声のトーンも上がっていた。

「そうでなければ、相手の男を殺さねばならないところだった……」

（……相手の男？　それはいったいどういう……）

ジークフリートの呟きの意味がわからず、そっと顔を上げると、目の前でジークフリートは満足そうに笑っていた。冷血と言われた男がこんな風に笑うことなど珍しい。

クラウディアは彼を見つめたまま困惑する。

それと同時に、ジークフリートと目が合ってしまったクラウディアは視線が逸らせなくなってしまう。

ジークフリートは笑みを隠すことなく、再び口を開いた。

「では王宮から出たあとも、他の男と情を交わすことはなかったのだな？」

「……情を、交わす？」

王宮を追放されたクラウディアに、そのような暇はなかった。

初めての妊娠、出産、そして子育て。クラウディアの全てがオースティン一色に染まっていたのだから。

女の一人親は情婦や妾《めかけ》、後妻になることが多いと聞くが、両家の血筋が色濃く出たオースティンを人目から避けるため、他人との接触を極力避ける必要があったクラウディアにとって、そんなことは到底無理だった。

そもそも、ジークフリートがそれを聞く意味がわからなかった。

「私のことなど……聞いて何になりましょう。……お約束通り、先ほどの質問にはお答えいたしました」

クラウディアは視線を横に外した。これでジークフリートとの取引は果たした。

こんな格好で死ぬのは本望ではないが、贅沢など言える立場ではない。

しかしジークフリートはクックッと喉奥で笑ったかと思うと、クラウディアにさらに近づいてきた。

「そなたには聞きたいことが山ほどある。簡単に死ねるなどと思わないことだ」

「――何をっ！」

横から身体を攫われ、あっという間にジークフリートに抱き上げられてしまう。

体が浮遊感に襲われ、驚きに思わず声を荒らげる。

「自分で歩けます！　お離しくださいっ」

ところが彼はクラウディアを軽々と抱え上げたまま抗議をものともせず、ゆっくりと歩き出した。

クラウディアの頭の中は混迷を極めていた。

ジークフリートがまるでわからない。話している内容はもちろんのこと、行動すらも予想できない。

「耳元で喚くな。大人しくしていろ」

そこまで大声を上げていないが、ピシャリと言われてクラウディアはグッと耐える。

このように抱えられたことなど生まれて初めてだ。

クラウディアはそれほど小柄というわけでもないのに、ジークフリートは涼しい顔をしてクラウディアを運んでいる。

自分を凌辱した憎い相手ならすぐにでも殺したいはずなのに、なぜジークフリートはこんなことをするのだろうか。

クラウディアがジークフリートの立場なら、触れることはもとより話すことすら耐えられない。

「そなたの口からすべてを聞くには、時間と根気がかかりそうだ。……だが、簡単にわかる方法はある」

ジークフリートはクラウディアを抱き上げて自室にあるベッドへと歩いていく。

「方法……？」

「あぁ、そうだ」

ジークフリートは悠々とした様子で、キングサイズのベッドにクラウディアを下ろし横たえる。

いきなり柔らかなベッドへと降ろされたクラウディアを、混乱と恐怖が襲う。

「……何、を……」

ベッドに横たわるクラウディアの上からジークフリートがすぐに覆いかぶさる。

クラウディアの頭のすぐ側にジークフリートの両腕が置かれ、身体にはジークフリートの足が絡まり、乗られている重みを直に感じる。

「その身体に聞けば、すぐにでもわかるだろう」

すぐ目の前にジークフリートの精悍な顔と黄緑色の瞳があり、獲物を狙う獣のようにクラウディアの顔をジッと見下ろしている。

(身体に聞く？　もしかして無理やり身体を暴こうというの？)

組み敷かれていたクラウディアの顔から血の気が引く。

「い、嫌です！　ちゃんと話しますから、それだけはおやめください！」

殺される覚悟はできていたが、まさか凌辱されるとは思っていなかった。あまりに予想外な状況にクラウディアは我を忘れて取り乱す。

ジークフリートが覆いかぶさっていることも構わず、身体を捻り、何とか彼の腕の中から抜け出そうと必死で藻掻《もが》いた。

「ラス、暴れるな」

「後生ですから、離してください！」

クラウディアの取り乱す様子に、ジークフリートは目を瞠《みは》った。

「ラスっ！」

ジークフリートは強く名を呼び、クラウディアの両手を手でベッドへ縫いつける。ビクリと体を震わせたクラウディアが見上げると、彼は顔を顰めて見下ろしていた。

「なぜそのように取り乱す？」

ジークフリートの端整な顔に怒りの表情が窺《うかが》える。

それでもクラウディアは意に介すことなく、拒絶の意を露わにした。

「あ、貴方様が私を憎いのは、承知の上です。ならば、このようなことはせず……一思いに殺してください！」

「先ほど、聞きたいことが山ほどあると言ったぞ」

「お答えいたします。ですので、退《ど》いてください！」

（――怖いっ！）

ジークフリートが見下ろす中、クラウディアはギュッと固く目を閉じた。

彼を凌辱し、いざ自分が同じことをされて抵抗するのは間違っていると思うが、それでもクラウディアは恐怖のほうが勝ってしまう。

彼にとってはあの出来事は思い出したくないことだろう。だが、クラウディアにとっても二度と経験したくないことだった。

薬を使ってジークフリートを襲い、自らの破瓜の記憶が蘇る。

体が引き裂かれるような酷い痛み。体の内部に太い杭を打ち込まれ、串刺しにされているような激痛を思い出してしまう。

血の匂いの中、気を失いそうな痛みに耐えて泣きながら体を動かした。

その後も、秘所の酷い痛みと起き上がれないほどの怠《だる》さに加え、足に力が入らずしばらく歩くことができなかった。

体はあの時の痛みを鮮明に覚えている。クラウディアは恐怖に慄《おのの》いた。

「このように震えるほど、私に触れられるのが嫌なのか？」

クラウディアの人生で、あの一夜は忘れられない一度きりの体験。

ジークフリートが嫌なのではなく、あの拷問のような苦痛が嫌で、体が強張《こわば》ってしまっているのだった。

クラウディアはベッドに横たわり、ふるふると首を横に振る。

知らないうちに緋色の瞳からポロポロと涙があふれ、嗚咽が漏れてしまう。

「……ちがっ……怖、い……あんな、ことは……もう……っ！」

両手を押さえつけられているので自分の顔を覆うこともできず、子供のように涙を流した。

情けない姿をジークフリートに晒したくないが、あふれた感情を抑えることなどできなかった。

「泣くな……ラス」

ジークフリートは押さえていた手を外し、泣いているクラウディアを戸惑いながら見下ろす。

クラウディアは今度こそ両手で顔を覆い、声を殺して泣いた。

「ふっ……ぅ……っく」

すべて自分が悪い。

自分がやったことで、そして巡り巡って自分に返ってきた。

仕方のないことだと思うが、あの時のクラウディアにはああするしか逃げ道がなかった。

「すまない。そなたを泣かすつもりはなかったのだが……」

ひどく困惑したようなジークフリートは、ひたすら泣いているクラウディアの体を慰めるように、自分の腕に包み込んで抱きしめた。

「ラスよ。そなたには謎が多すぎる。あのときの私には、そなたの行動がまるで理解できなかった」

クラウディアにもジークフリートの行動が理解できない。

なぜ今抱きしめられているか。

どうして一思いに殺してくれないのか。

そして、なんのために自分のことをわざわざ聞こうとするのか。

「そなたの怖いという感情の大元は……もしや他の男に、無理に……乱暴でもされたのか？」

「……いえ」

落ち着きを取り戻し、涙に濡れた顔から手を離す。

洟《はな》を啜っていたクラウディアは、ジークフリートが言った言葉を冷静に受け止めた。

「そのような事実は、ございません」

薄布のナイトドレスの袖口で顔を拭うと、鼻声で辿々《たどたど》しく言葉を返した。

頭の上からジークフリートがホッとしたように息を吐いた。

「そうか……では聞こう。原因は、あの日の私との交わりか？」

放たれた言葉にクラウディアはグッと言葉を詰まらせる。まさに図星だったからだ。

「答えぬということは、是《ぜ》と受け取るぞ？」

なんと答えれば良いのだろう。どう言えばジークフリートを納得させられるのか、クラウディアは迷った。

クラウディアが自分本意で行った行為だが、結果的にクラウディア自身のトラウマになる出来事になってしまった。自分の無知さが原因なのだが、たしかにジークフリートからすれば難解だと思われても仕方のないこと。

「ラス」

ジークフリートに偽名を呼ばれ、答えを催促されている。

「……はい。仰る、通りです」

答えたあと、クラウディアはまた体を強張《こわば》らせるが、ジークフリートはクラウディアをさらに力を込めて抱き寄せた。

ジークフリートの考えがわからない。

じわじわと精神的に自分を追い詰めて、すべて白状させ、絶望に落としてから殺したいのだろうか。

その後しばらく、ジークフリートの返答がなかった。

怒らせてしまったのかとクラウディアは怖くなる。

それにしたがって、今度はジークフリートの腕の中にいることに落ち着かなくなってきた。

と、ふいにジークフリートが思い出すように話し始めた。

「あの日……そなたが去ったあと、しばらくして気づいたのだが、ベッドに血の痕が残っていた」

ジークフリートに言われ、罪悪感で胸が引き裂かれそうになる。クラウディア自身、あの日のことなど思い出したくなかった。

「王族の、特に婚姻前の王女の純潔とは絶対的に必要なものだ。それをなぜ、あのように……」

ジークフリートが疑問に思うのも無理はない。

一言でいえばクラウディアが無知だったせいだ。

夜の教育に関して年頃のクラウディアに対し、閨教育《ねやきょういく》や房中術《ぼうちゅうじゅつ》などを教えてくれる者など誰もいなかったから。

「……全て私の、愚かな考えのせいなのです」

「愚か、とは？」

クラウディアは言葉を詰まらせた。

ずっとジークフリートに好意を寄せていた。第二王女と婚約予定だったジークフリートと添い遂げるなど、所詮無理な話だとわかっていた。

そしてクラウディア自身も自分の意に反し、他国の王の側妃として嫁がなければならなかった。

その両方の問題を考慮した結果があの日の行いなのだ。

今思えば、なんと自分勝手な考えなのだろう。

しかし、答えると言った以上、彼には全てを話さなくてはならない。

クラウディアはジークフリートの腕から離れ、体を起こして座り直す。彼と視線をあわせるのは怖くて、俯きながら自白するように口を開いた。

「私は王女でしたが、王族のような扱いをされておりませんでした。貴方様もご存知の通り、作法や礼儀も知らず……己の仕出かした悪行も、すべて自分のためのものです」

クラウディアはベッドの上で正座をしたまま、ナイトドレスの裾を手で握り締めた。

ジークフリートも起き上がり、クラウディアを見ながら口を開く。

「そなたの表現は抽象的で曖昧すぎる。そなたが王族だったことも今日知った。王宮で情報を調べることもできるが……私はそなたの口から直接聞きたいのだ」

同じくベッドで胡座《あぐら》をかいて座ったジークフリートは膝の上に両肘を置き、前屈みになってクラウディアを見つめる。

鋭い視線に射貫《いぬ》かれたクラウディアは、体をビクリと震わせる。ジークフリートは誤魔化しの効く相手ではない。

王宮でのジークフリートも、自分が納得するまでとことん追求する人間だった、とふと思い出す。

「……七年前、他国の王との婚姻が決まりました」

「そなたが？　一体誰と……」

「……ローレン王国の、カサラティーダ王でございます。私が国王に聞かされた時には、すでに三カ月後の輿入れが決まっていたのです」

「カサラ、ティーダ王ッ……」

その名を聞いたジークフリートの顔がクシャリと歪む。

貴族ならばカサラティーダ王を知らない者はいない。

ローレン王国は物資が豊富で、この国の生活に必要な油や燃料資源に関してもローレン王国から輸入していた。そしてそれと引き換えに、他国の姫を嫁がせては食いものにしているという噂が陰ながら広まっていたからだ。

「私には……それが……耐えられなかったのです！　いつかは国のために嫁がなくてはならないと覚悟しておりましたが……とても受け入れることができませんでした……」

クラウディアがなぜカサラティーダ王の噂を知っているかというと、一日に一度来る使用人がわざわざ教えてきたから。

その使用人は、それを聞いたときのクラウディアの悲痛な表情を見て嘲笑《あざわら》いたかったのだろう。

「それで私に薬を盛り、襲ったということか？」

「……仰る通りでございます……」

あの日のことを話したクラウディアだが、心の中は少しも晴れなかった。

自分で話していても大した理由にすらならない言い訳だ。被害に遭ったジークフリートが激怒してもなんらおかしくない。

ジークフリートの返答が怖くて、ぎゅっと目を瞑る。

「……そうか。そなたが私を襲った理由はわかった。ではなぜ私だったのだ？　その当時、王宮でそなたと仲の良い男は何人かいたはずだ」

怒鳴られることを覚悟していたクラウディアは拍子抜けしてしまう。

閉じていた目を開け、意外なほど冷静に話を進めているジークフリートに視線を寄せた。

「仲の良い男性……ですか？」

なぜジークフリートがそんなことを知っているのか疑問が尽きないが、クラウディアはしばらく考え込む。しかしいくら考えても、誰のことを指しているのか、全くわからなかった。

「とくにいないような気がするのですが……？」

「調理人のダンや侍従のノーマン、司書のハンスとも仲が良かっただろう」

やけに詳しいジークフリートが次々と名前を上げたことで、クラウディアは少しずつ当時を思い返した。

いつも空腹だったクラウディアは調理場へよく足を向けていた。そしてその調理場で働いていた男性に料理の残りをよくもらっていたのだ。

他にも、作法や所作を注意されていたあの頃、人知れず泣いていた自分にいろいろ教えてくれた優しい使用人がいた。

王宮のこと以外何もわからず、様々な知識を得るために王宮の書庫へ通っていたとき、よく出会った男性が必要な本を探してくれた。

生きることに必死だったクラウディアには、男性を気にかける暇などなかった。名前すら曖昧で、今に至るまで思い出すこともなかった。

その中で唯一クラウディアの心を動かしたのは、ジークフリート、ただ一人。

「誰かは、覚えておりません。仲が良かったのかも、定かではありませんが……良くしていただいた記憶はあります……」

「その程度の認識だったか。なら良い」

何が良いのかわからないが、納得したようなのでクラウディアは黙った。

しかし微かに口角を上げていたジークフリートは、鋭い視線を再びクラウディアへ向けた。

「では、そなたが私を選んだ理由を教えてもらおう」

クラウディアの体がぎくりと震える。

それこそ、一番聞かれたくない質問だった。

選んだと言えば聞こえはいいが、実際ジークフリートは男性とはいえ強姦された被害者だ。

当時は公子で今は公爵。クラウディアが王族だったことを考慮しても、極刑は免れない。

だからこそ去り際に殺してほしいとお願いした。誰よりも好きだったジークフリートの手によって葬られたかったから。

今さら何を言っても遅い。

この想いだけは汚されたくない。元より、墓場まで持って行こうと思っていたものだ。

「つ……都合が、良かったので……」

「都合だと？」

「……貴方が一番近づきやすく……犯行を行いやすかった……。ただ、それだけ、です」

クラウディアの放った一言を聞いたジークフリートは鋭い眼光を向ける。思わず体が震えてしまう。

「それでは説明がつかない。護衛もいるうえ、名の通っていて目立つ私を狙うことは得策ではない。そなたの言うことは筋が通っていない」

ジークフリートの言うことはもっともだ。むしろジークフリートを狙うほうが、狙う側のリスクが高すぎる。

（この方に適当な言い訳など通用しないのだわ。けれど、私も悟られるわけにはいかない）

今度こそ何も悟られないように、クラウディアは表情をスッと消し、そのままジークフリートに告げた。

「筋の通らないことでも、それが私の動機なのです。もう無意味なお喋りは終わりにいたしましょう」

こんな無意味な話をこれ以上続けていると、せっかくの決心が鈍っていく。クラウディアは話し合いにきたわけではないのだ。

ジークフリートは一つため息をつくと、ゆっくりとクラウディアに近づく。

（これでようやく、終わるのね……）

ドクンドクンと、クラウディアの心臓が嫌な音を立てる。

クラウディアのすぐ前まで近づいたジークフリートは、クラウディアの体をゆっくりと押し倒した。ベッドに倒され仰向けになったクラウディアの上に、再びジークフリートが覆いかぶさる。

「そうだな……お喋りは終わりにしよう」

精悍な顔で見下ろすジークフリートは、クラウディアに無情な言葉をかける。

「抵抗はするな。すべて私に任せ、身を委《ゆだ》ねろ」

先ほどの恐怖がクラウディアの心の中に蘇るが、今度は抵抗しなかった。

「……仰せのままに」

（さようなら、オースティン。母様はいつまでもあなたを愛しています……）

ジークフリートは短剣すら持ち合わせていないが、おそらく首でも締めるのだろう。

目を閉じ、せめて見苦しさを見せず大人しくこの世を去ろう、とクラウディアは考えた。

「ラス……」

すぐ近くでジークフリートの声が聞こえたが、目は開けなかった。

唇に柔らかなものがあたり、また離れ、再び同じ感触が訪れる。

されるがままジッとしていたクラウディアだったが、柔らかな感触と共に唇を割り、入りこんできたヌルリとしたものに驚き目を見開いた。

「――んっ!?」

抵抗するなと言われたので抵抗しなかったが、まさかジークフリートに口付けされるとは思わなかった。

「……ぅ……ん」

クラウディアの唇を這うようにジークフリートの唇が重なり、開いた口の中に温かな舌が侵入する。驚きに縮こまったクラウディアの舌を誘い出すように、深く重なった唇から舌を中へと入れていく。

「んっ！　ふ……、っ」

怖いとは思わなかったが、驚きのあまりクラウディアは与えられる感触をただ受け入れるしかなかった。

これが罰なのかとクラウディアは体を固く縮める。

やはりジークフリートは、最も恐れている罰を与えるつもりなのか、とクラウディアは身構えた。

「ラス……もっと舌を出せ」

ジークフリートは至近距離で唇を離し、当然のようにクラウディアに命令する。

「はぁ……、なぜ、です……」

「そのほうが、感じるだろ？」

ジークフリートが話すたびに吐息が唇に触れ、クラウディアの濡れた唇を擽《くすぐ》る。

（感じるとは、何を……？）

クラウディアは、何を言われているのか理解できなかったし、ジークフリートの行動に疑問しか感じていなかった。

いくらクラウディアが世間知らずといっても、このような行為は恋仲の男女のするものだというのはさすがに知っている。

ジークフリートがそれを、殺意を向けているクラウディアに与えている理由がわからない。

わからなかったが言われた通りにおずおず舌を出すと、ジークフリートは満足そうに笑い、再び顔を近づけてきた。

「いい子だ……」

ジークフリートの厚い舌が差しこまれ、クラウディアの舌をなぞるように愛撫すると、体がゾクゾクと言い知れぬ快楽に呑まれる。

「んぅ！　……っ、ん……んっ」

ジークフリートに舌を嬲られ吸い上げられると、クラウディアの頭にボゥと霞《かすみ》がかかり、今まで感じたことのない甘い感覚で満たされていく。

深く唇を吸われながら、ジークフリートの手はナイトドレスの胸元に移動し、結んであるリボンを解く。クラウディアの胸元は、先ほどよりもさらに露わになってしまう。

ジークフリートは口の中を愛撫していた舌と唇を離すと、クラウディアの頬伝いにチュッチュッと、軽いキスを何度も落としていった。

「は、んっ……！」

頬から首筋へとジークフリートの唇が移動し、ここに来る前、クラウディアが自身でつけた小さな傷口に舌を這わせる。

「……つっ」

「痛むか？」

「んっ！」

言葉とともに傷口を唇で覆い、執拗に舌で舐めあげていくジークフリートをクラウディアは手で止める。

「ぁ……、や、お止め……くださっ……」

ピリッとした痛みは感じたが、舌先で舐められると、痛みとは違い、疼くような感覚が湧き起こりクラウディアを困らせる。

(だめよっ！　ジークフリート様は私を罰しているのっ！　なのに、どうしてこんなにも身体が熱いの……!?)

一通り舐めるとさらに下へとジークフリートの唇が移っていく。

首の付け根や鎖骨を甘く食《は》まれ、ピリピリと走る快楽に、はしたない声が漏れそうになる。

「……ぅっ！　……ふぅっ……」

クラウディアは慌てて自由になっている手で、自らの口元を塞いだ。

感じてはいけないと思うほど、与えられる刺激を甘く感じてしまう。クラウディアは熱い息を吐きながら、ジークフリートが施す罰になんとか耐えていた。

クラウディアの顔の横で自らの体を支えていたジークフリートの両腕は、クラウディアの脇腹を掴み、キスをしながら下へと移動している。

胸の谷間まで下がると、ジークフリートは薄布でわずかに隠れていた上半身の布地を左右に開き、すべて取り去った。

「きゃっ……！」

薄布が取られ、臍《へそ》の下辺りまですべてが露わになる。

男性の前で上半身だけとはいえ、裸体を晒すことが初めてだったクラウディアは、顔を赤く染め首を勢いよく横に振って抵抗する。

「公子……様っ、おやめ……くださ……！」

「ラス、抵抗などするな。恥じる必要はない。そなたの肌は絹のように滑《なめ》らかで美しい……」

言葉と共に大きな手のひらがクラウディアの柔らかな乳房を掴んで撫でる。精悍な顔が徐々に近づき、その先で色付いている突起を優しく口に含んだ。

「ん、あぁっ……！」

突然訪れたぬるりとした甘い刺激に、ベッドの上で身体がビクリと跳ねる。

ジークフリートは舌先を使い、巧みにクラウディアを追いつめていく。

「ん……ぁっ、……くぅ、んっ！」

初めて感じる快楽に、クラウディアの身体は過剰に反応してしまう。

先端を口に含みながら舌先で転がすように舐められると、それだけでクラウディアの下腹部が疼き、じっとしていられない。

「ひぁっ！　……あっ！」

クラウディアは何とか身を捩《よじ》り、ジークフリートの愛撫から逃れようとする。

だがジークフリートもクラウディアの反応を楽しむように、緩急をつけ硬く尖った乳首を軽く吸った。

「あぅっ！」

空いた手で再び口元を塞いだが、与えられる快楽が強すぎて声を抑えることが難しい。

吸われる度に漏れる甘い声と、身体が蕩けそうなほど心地好い快楽で、自分が罰を与えられていることを忘れそうになる。

ジークフリートは口を離すと、さらに反対側の乳房を可愛がる。

同じはずの乳房だが、クラウディアは心臓に近いほうの突起を舌先で弄ばれるほうが、より強く快楽を感じた。

「や……ぁ！　っ、ん……！」

意味のない抵抗だが片方の手で口元を覆い、もう片方の手でジークフリートの肩を押した。そうしていないと体を侵食しようとする快楽に呑まれてしまいそうだった。

「すっかり硬く尖ってきたな……感じるか？」

口を離してクラウディアの様子を窺《うかが》っているジークフリートは、指先でも硬く尖った乳首を摘《つま》みながら愛撫し、じわじわとクラウディアを追いつめていく。

「んっ！　……ぁっ」

クラウディアは休みなく与えられる甘い刺激に目を瞑って耐えながら、首を左右に振った。

口元を押さえているが、色を含んだ声が次々と鼻から漏れ出す。

片方の突起を舌先で舐められながら、反対の突起を指先できゅっと摘《つま》むように刺激されると、堪えきれず身体が反り返り、甲高い喘ぎが漏れた。

「──んんっ！　はぁっ、……ふ……ぁ！」

いけないと思うのに身体は言うことを聞いてくれず、クラウディアはくぐもった声を押し殺すので精一杯だった。

ジークフリートは楽しむように、クラウディアが大きく反応した箇所をさらに手技で執拗に攻めた。

「う……ぁ、……んっ！」

クラウディアの身体がほんのりと薔薇色に染まる。

身体がどうにかなりそうなほど熱い。自分の乳房がジークフリートに触れられることで、ここまで感じるとは思わなかった。

特に先の尖って硬くなった部分を指や舌で執拗に攻められると、身体の奥が疼くような甘い快楽に襲われ、嬌声を止められない。

「ラス……」

目を固く閉じ甘い責め苦に耐えていたクラウディアを、ジークフリートが掠《かす》れた声で偽名で呼ぶ。

執拗なまでに攻め立てていた手と口の動きが止まり、クラウディアは、はぁはぁ……と熱い息を吐き、薄っすらと目を開けた。

「公……子……さま……」

目を開くとすぐそこに、ジークフリートの端整な顔がある。

「公子ではない。ジークと呼べ」

「じー……く？」

初めて与えられる快楽に、ぼうっとした状態で彼の言葉を繰り返した。

「そうだ。次から私のことはそう呼べ。わかったな」

「は……い……」

クラウディアは言葉の意味もわからないまま、とりあえず頷いた。

「ふっ……想像以上だ……」

口端を吊り上げ、ジークフリートは満足そうに微笑む。

「あ……」

不覚にもクラウディアはその表情にときめいた。

遥か昔……何かを達成したときに、稀に見せていた顔だった。

これから手酷く罰せられるであろう相手だが、かつて恋心を抱いた人でもある。

（公子様……いいえ、現時点では公爵様。今はもう……雲の上の方）

身分を剥奪されたクラウディアにとって、ジークフリートはもう手の届かない存在であり、気安く名前を呼べる相手ではない。

過ぎ去った昔を思い出すと、戻ることのできない楽しかった日々が頭を過《よぎ》る。

クラウディアは切なげに眉根を寄せ、すぐ側のジークフリートの目をじっと見つめた。

ジークフリートはクラウディアの意思を汲み取ったかのように精悍な顔を寄せる。

今まで離れていた時間を埋めるように、無言のまま唇が重なり合う。目を閉じたクラウディアは、荒々しく交わされる口付けを大人しく受け止めた。

ジークフリートの舌が差しこまれると、クラウディアも先ほど教えられた通り控えめに舌を出す。

「ん……んっ」

絡め取られる舌を蹂躙《じゅうりん》するように吸われ、また激しい波のような甘い感覚がクラウディアを支配していく。

一頻《ひとしき》りクラウディアの唇を堪能したジークフリートは唇を離した。互いの間に糸が引くと、ジークフリートは舐めとるようにクラウディアの唇をまた奪う。

「はぁっ……」

「まだ……これからだ」

初心者同然のクラウディアは、それだけで身体をくたりとベッドに預けてしまうが、ジークフリートは圧し掛かっていた体を離すと、腰の辺りで巻き付いていたクラウディアの衣類を下着ごと強引に脱がせた。

「やっ、お待ちくださいっ」

一糸まとわぬ姿にされたクラウディアは、両手で体を隠しながら寒さで身を丸く縮めた。

全裸になったクラウディアをジークフリートは隅々まで見ている。

想い人に自分の貧相な身体を見られていると思うだけで、クラウディアは羞恥と悲愴にまた涙が込み上げてくる。

「隠すな」

しかしジークフリートは無慈悲にもクラウディアの両手を掴み、ベッドへ縫い付ける。クラウディアは見られたくない一心で目を固く閉じた。

「……嫌っ！」

「無駄な抵抗はせず、私に身を委《ゆだ》ねろ」

自分の裸などよほど自信がある者でもない限り、胸を張って見せられるだろうか。少なくともクラウディアにはできなかった。

日々食べるものを工面することで精一杯で、自分よりオースティンの成長を優先させているので、痩せ細り、みすぼらしい身体をしている。

家事や畑仕事に追われる毎日で、貴族たちのように毎日体や髪の手入れをしているわけでもない。手もガサガサで所々に小さな傷もある。

日々王宮に通い、パーティーや舞踏会で美しい女性たちと接している人間に見せられるようなものではないのだ。

「なぜ……、なぜ一思いに殺してくださらないのですか！　そんなにも……私が憎いのですか……」

あまりの恥辱に涙が流れる。

他ならぬジークフリートに、こんな自分の体を晒したくなかった。

「憎い相手ならこのようなことはしない。なぜわからない？　私はずっとそなたを捜していた。それは復讐するためではない！」

今さら流れる涙を止めることはできない。だがジークフリートの言葉で、悲しみであふれていた心の中が疑問へ変わっていく。

(私が憎くないということ？　復讐するためじゃないのなら、どうして私を捜していたの？)

涙で視界が歪む。

ぼやけていて曖昧にしかわからないが、ジークフリートはバツの悪そうな顔でクラウディアを見下ろしていた。

「……貴方様の御心など、凡庸な私にわかるはずもございません……」

ジークフリートは縛りつけていた両手を離し、涙で濡れた目尻に口付けを落とす。

クラウディアは解放された両手で体を隠した。

「ひとまず話はあとだ。私もそろそろ限界だ……」

身を縮めているクラウディアを見下ろしていたジークフリートは、身体を起こして自身の着ていた衣類を脱ぎ始めた。

ジークフリートを見上げていたクラウディアは、彼が裸になっていく様をずっと見ていることができず、不安と緊張を胸に顔を逸らした。

クラウディアとて、男性の裸を初めて見たわけではないが、ジークフリートの裸体はこれまで見た男性のものとは全く次元の違うものだった。

シャツのボタンを一つずつ外す姿。

外した隙間から見えていく肉体の美しさ。

そして全て外したシャツをゆっくりと脱いでいく仕草。

貧相な自分とは違い、一つ一つの動作にあふれんばかりの気品と色気がある。

クラウディアは裸になっている自分の体を抱きしめた。

(なんて、恥ずかしいのかしら！　こんな体を公爵様の前で晒しているなんて……！　比べることすら烏滸《おこ》がましいわ！)

「ラス？　何をしてる？」

クラウディアはうつ伏せになりジークフリートに背を向け、頭上にある枕を取ろうと手を伸ばしていた。

すべては無理だが、せめて見苦しくないように自分の体を隠そうとする。

あと少しで枕に手が届くという所で、背中にぬるりとした感覚が走った。

「ひっ……！」

ジークフリートが肩甲骨辺りに口付けを落とし、浮き上がった骨格に舌を這わせていた。

空いた掌が前へと回り、クラウディアの細く括《くび》れたウエストを確かめるようにスッと手を上へと滑らせてから、先ほど弄んでいた乳房を再び弄り始めた。

「あっ！　……はぁ……」

クラウディアの肩甲骨を舌がなぞり、同じく反対側も唇を当てながら舌を這わせ痕を付けていく。

「っ……ぅ……ん」

硬く凝った乳房の尖端を指先で摘《つま》まれ強弱をつけて扱《しご》かれるとあっという間に息が上がり、甘い快楽に呑まれていく。

声を出すまいと必死に手で口元を押さえるが、鼻から抜ける声は欲情していることをジークフリートに教えている。

「抑えるな。そなたの声が聞きたい……」

「……や！」

ジークフリートはクラウディアの手を無理やり外した。

背中を愛撫していたジークフリートが背後からクラウディアの耳元で囁き、耳朶《じだ》に唇を寄せ、歯を立てて軽く甘噛みしてくる。

「ひ……ぁ、ん……、んっ！」

背中と同様に耳も舌で愛撫され、胸元も執拗なほど先端を弄られている。

その度にクラウディアの身体がビクビクと反応し、震えながら熱い吐息を何度も漏らす。

背中に触れ合う肌が心地好く、オースティン以外の誰とも触れ合ったことのないクラウディアは、ひたすら施される愛撫に酔うことしかできなかった。

ジークフリートが施す愛撫に翻弄《ほんろう》されるクラウディアだが、それでも小さな抵抗はしていた。

声を抑えることもそうだが、少しでも自分が感じていると悟られないように体に力を入れていた。

しかしそれはジークフリートにはお見通しのようだった。

「そなたの度胸には感服する。せめて手加減してやろうと思ったが、あまりに頑なな態度は挑発している、と受け取るぞ」

クラウディアはうつ伏せたまま体をビクリと震わす。抵抗はしたが挑発していたわけではない。

「ご、誤解でございます！　私は挑発など……！」

「では、こちらを向くんだ」

「ですがっ……」

ジークフリートの無慈悲な言葉に、クラウディアの体がふるふると震える。

「いっ……ぁ」

「こちらを向かないと、ずっとこのままだ……そなたの背中が私のつける印で埋めつくされてしまうな」

ジークフリートは余裕めいた顔でクスリと笑い、クラウディアの背中に唇を寄せ痕を刻み、肩や肩甲骨に甘噛みを繰り返す。

「やぁ……んっ！」

わずかな痛みと擽《くすぐ》ったさの狭間で、クラウディアは身を捩《よじ》る。

ジークフリートの手も変わらずクラウディアの乳房を弄んでおり、クラウディアは息も絶え絶えに首を振っている。

「も……ぁ、お許し……ください……」

しっとりと汗ばむ身体を味わうように、ジークフリートは背骨に沿って舌を這わす。

「は……ぁ……」

「まだ足りぬようだな」

乳房から手を離し、ジークフリートは更に下へと身体を移動させた。

そこには綺麗に丸みを帯びた肉の少ないクラウディアの臀部がある。その双丘をたしかめるように両手でそっと撫で、揉みだした。

「ひっ！　やあっ……」

「そなたの肌は絹のように滑《なめ》らかだ。いくら触れても飽くことがない。……ラスよ、他の誰にも触れさせてはいないな？」

ジークフリートの声には、クラウディアでもわかるほど妬みが含まれていた。しかしクラウディアはそれに答えることができなかった。

彼が臀部の際どい部分を手で撫でる度に、身体が言い知れぬ熱を持ち、ビクビクと反応してしまう……それを知られるのが嫌だったから。

だがジークフリートはそんなクラウディアの気も知らずグッと尻を掴み、薄い臀部に軽く歯を立てくる。

「答えるんだ、ラス」

「いっ！　あッ……！　ぁ……りませ……ん」

「聞こえないな。はっきり教えてくれ」

クラウディアとしては触っている手を止めてほしいと思うのだが、ジークフリートにそこまで物申す勇気はなかった。

「そのような、者は……おりま、せん！」

言葉も切れ切れにクラウディアは何とか言い切る。

返答に満足したのか、ジークフリートの臀部への愛撫がようやく止まった。

ジークフリートは、息を乱しベッドにくたりと身体を預けているクラウディアの体を動かし、仰向けへと体勢を変える。

身体に力が入らず抵抗することも億劫《おっくう》になってしまって、クラウディアはされるがままジークフリートに身を任せた。

「……この身体に他の男が触れていたら、と思うだけで虫酸が走る。いいか、ラス。生涯そなたに触れていい男は私だけだ。わかったな……」

ジークフリートは言葉と共にクラウディアに覆いかぶさり、脱力しているクラウディアの唇を強引に奪う。

「んぅっ！　っ……ん」

度重なる愛撫と快楽で頭がうまく働かないのか、ジークフリートの言葉をしっかりとは聞き取れていない。

しかしそもそもクラウディアはジークフリートしか知らないので、他の男の心配をする必要など微塵もないのだ。

「ふ……ぁ……」

唇が離されると、答える隙も与えないほどジークフリートはクラウディアを嬲っていく。

伸ばされた手が火照《ほて》った身体の隅々を滑るように撫で、クラウディアの感じる場所を確かめるように触れていく。

肩から腕へ、そして指先へと移動し、再び戻って首筋を通ると細身の身体のわりに膨らんでいる乳房をまた弄んでいった。

「あっ！　……ぁ……ん……ふぅ！」

特にクラウディアが強く反応する場所は口や舌も使って弄んでくるので、さらに高みへと導かれてしまう。

少ししてジークフリートが臍《へそ》の辺りに唇を落とし痕を刻む。クラウディアは擽《くすぐ》ったさに身を捩《よじ》ってしまう。

閉じていた足を撫でるように持ち上げると、クラウディアの隠された秘部にまで到達した。

ジークフリートの顔が自分の下腹部にあると気づいたクラウディアは、慌てて足を閉じようとする――が、抵抗も虚しくジークフリートの体に阻まれてしまう。

「公爵、様……もう、退《ど》いてくださいっ」

「ジークと呼べ。先ほども言っただろう」

自分の股の間から言われると余計に羞恥が増す。クラウディアは身体を捩《よじ》ってなんとか逃れようとする。

「お離し、ください！」

本能的に危機感を覚え最後の抵抗を試みるが、力では敵うはずもない。

無情にも足を開かされ、クラウディアの秘部が露わになってしまった。

「もう……それ以上はっ……」

クラウディアの言葉などジークフリートにはまるで届いていない。

羞恥に震えるクラウディアの太ももや足の付け根にも舌を這わせていく。

「っ！　やめ……あ」

浅い繁みを掻き分け、指で広げるとすでに濡れて蜜で滴《したた》っている秘部を、躊躇なく舌で舐めてくる。

まさかジークフリートがそんな場所を舐めると想像もしていなかったクラウディアは、信じられない思いで目を大きく開いた。

「ひぁっ！　嫌ぁ……っ！　あ……、っあぁ！」

初めて与えられる秘部への愛撫は蕩けるほど甘く官能的で、腰が痺れてしまいそうなほど強い悦楽だった。

「――っあぁ、やぁっ！」

声を殺そうと努めても、あまりに甘美な快楽を前に、勝手にはしたない声が口から次々と漏れ出てきてしまう。

「はっ……あっ！　……そ、……んな……汚い、です……やめっ」

房事の知識などないクラウディアは、激しい恥辱と快楽に涙を流す。

「悦いだろう？　そなたの蜜もどんどんあふれている……ココも、子を産んだとは思えぬほど綺麗な色をしている。そして……」

「――ひっ！」

蜜口に指が当たり、クラウディアの身体がビクリと大きく跳ねる。

「膣内も驚くほど狭い。まるで乙女のようだ」

嬉しそうに話すジークフリートの長い指が、クラウディアの膣内へとゆっくり差しこまれていく。

「やぁっ……！　怖いッ……」

指一本で痛みがあるわけではないが、あの日の恐怖が甦り身体に力が入る。

狭い入口を抜けて濡れている肉壁を探るように、指が膣内を掻き混ぜていく。

「はっ……！　んっ、ゃあ……っく」

「痛いか？」

あまりの狭さに、ジークフリートも困惑気味で戸惑っている。

異物を押し退けようとクラウディアの膣内がジークフリートの指を締めつけるように動いている。

痛みはないが……とにかく怖かった。

またいつ、あの痛みが襲って来るかと思うと、恐怖に身が竦《すく》んでしまう。

そんなクラウディアを宥《なだ》めるように、ジークフリートの愛撫が根気よく続く。

クラウディアの狭い膣内を指で懸命に解《ほぐ》し、蜜口の上にひっそりとある快楽の強い小さな陰核を舌で丁寧に刺激していく。

陰核を舌で優しく嬲られると、腰が溶けそうなほど甘く切ない快楽がクラウディアの身体を襲ってくる。クラウディアの身体はそれに顕著に反応し、ジークフリートが唇を当て吸い付くと官能を強く感じて身体を大きく仰け反らせてしまう。

「あっ！　あ……ぁ……はぁっ!!」

この世にこれほど甘美な感覚が存在していたのかと、クラウディアは息を乱しながら快楽に酔う。

ジークフリートの指は相変わらず膣内を解《ほぐ》していて、クラウディアの感じる部分を探っていた。

怖さより与えられる快楽が強烈でクラウディアは嬌声を抑えることもできず、ジークフリートに翻弄《ほんろう》されるまま声を上げる。

ジークフリートの舌が陰核を押し潰すように幾度も舐め、小さな粒が硬く膨らんでくると軽く歯を立てるため、クラウディアはジークフリートの頭を押し、涙を流して迫る快楽に抵抗している。

「はぅ！　あっ、やぁ！」

しかし抵抗は意味を成さず、今まで感じたことがないほど身体が高みへと追いつめられてしまう。

身体がどうにかなりそうなくらいの高揚感がクラウディアを襲い、余裕をなくさせていた。

「はっ、あ！　……ぁあ、嫌ぁ……あっ！」

クラウディアは身体が熱く、奥のほうで何かが弾けてしまいそうな感覚が怖くて、首を横に振りながら受け流そうとする。

だが無情なジークフリートはキツく締められていく膣内に抗うように、さらに指を一本から二本へと増やして内部を攻めていく。感覚に耐えきれないクラウディアはベッドのシーツを力いっぱい握り締めた。

「ひっ！　や……ぁ、もぅ、だ……め、離しっ」

ジークフリートが二本に増やした指を膣内でバラバラに動かし、膨らんだ陰核を強めに吸い上げると、クラウディアの身体が激しく仰け反り絶頂へと達した。

「──んッ、あぁッツ!!」

膣内にあるジークフリートの指を強く締め、身体をピクピクと小刻みに痙攣《けいれん》させながら、初めての絶頂を経験する。

「はっ！　……ぁっ、……はぁ……あ…」

ジークフリートは収縮を繰り返す膣から指を抜き身体を起こすと、クラウディアの蜜を舐め取るように舌で唇を舐め、満足そうに笑みを浮かべる。

「……気をやったか？　ずいぶん悦さそうだな……ラス」

ベッドの上で無防備に肢体を投げ出しピクピクと身体を震わせているクラウディアを見て、ジークフリートは妖艶に微笑み囁いた。

「ふ……ぅ……はぅ……」

激しくも甘く、甘美な快楽を前に、ジークフリートの言葉などクラウディアの耳には届いていない。

ジークフリートは休む間を与えぬよう、脱力したクラウディアの足を開き、いまだ収縮を繰り返している蜜口に取り出した男根を当てた。

硬く勃起した男根の太い部分を、ゆっくりと膣内へと挿入していく。

「んッ……、やっ、何、をッ……！」

ベッドに身体を投げ出し強い余韻に浸っていたクラウディアは、身体に侵入しようとしている異物に気づき、力の入らない身体をわずかに捻り反抗を試みた。

クラウディアは絶頂の余韻で身体の力がうまく入らず、膝を立てた状態の足を使いシーツを擦りながら、狭い入口を抉《こ》じ開けて侵入しようとしている熱い塊から逃れようと、少しずつ上にズレていく。

「そなたは無駄な足掻きが好きらしい」

ジークフリートは懸命の抵抗を上から眺めると楽しげに口角を上げ、上にズレていくクラウディアを追うように腰を押し進めていく。

「やぁ……」

クラウディアとて好きで抵抗しているわけではない。本能が身の危険を感じ無意識的に逃げている。いくら快楽を与えられても、根底にある恐怖心まで覆すことはできない。

「ラス……逃げるな」

逃げるクラウディアの膝を大きな掌で掴む。

ジークフリートに動きを止められ、逃げ場を失ったクラウディアはシーツが皺になるほど握りしめ、首を左右に振って涙を浮かべている。

見かねたジークフリートは、ベッドに横たわって震えているクラウディアに覆い被さる。

「力を抜け……大丈夫だ、乱暴にはしない」

クラウディアの顔の両脇に肘をつき、端整な顔を近づけ宥《なだ》めるように目尻にキスをする。

「ん……」

ジークフリートの重みと触れ合っている身体の熱を感じ、目の前に迫る精悍な顔を見つめた。

オースティンと同じ輝く銀髪に、黄緑色の男らしい切れ長の目。クラウディアの知っている冷淡なジークフリートとは違い、房事の色気と年月を重ねた風格が滲み出ている。

「そなたの瞳は燃えるような緋色だが、王族のそれとは違いどこか悲愴が垣間見えるな……」

彼の言葉に張りつめた緊張感が少しだけ和らいで、クラウディアは組み敷かれた身体を弛緩させた。

(あの時の過ちが私だと気づいたのなら、どうしてこんなことをされるの？)

だが、クラウディアの思考はそこで切られた。

「――っひ！　……んっ！　……んん！」

止まっていたジークフリートの太い亀頭が、クラウディアの狭い内壁をメリメリと犯しながら侵入する。

「やッ……ぁ!!」

ジークフリートは腰をゆっくり動かし、眉を顰め耐えるように膣内へ男根を徐々に埋めていく。

子を産んだとはいえ、クラウディアの身体は一度しか経験がない。迫りくる熱量は圧迫感が強く、異物を排出するかの如くジークフリートを締めていく。

「……っく！　ぅ、……ラ……ス……力を……入れるなっ……」

苦痛に歪むような表情のジークフリートだが、吐き出す息が熱を帯び、声はわずかに上擦っている。

クラウディアも、内部を犯す絶対的な熱さと質量に、考える余裕も言葉の意味を理解する余裕もなく、苦痛とは違う膣内が疼くような快楽を感じ、悲鳴にも似た喘ぎ声をあげた。

「あ……あぁ！　……い、やぁ！」

ジークフリートは額に汗を滲ませながら、すぐ近くで見上げているクラウディアの唇を奪う。

「んっ！」

目を見開いて侵入してくる舌の動きに気を逸らされた。その隙を狙い一気に腰を動かし、ようやく最奥まで男根が到達した。

「――ふっ、んんッ!!」

大きく開かされた股にジークフリートが腰を打ち付ける。根元まで挿入され、クラウディアの身体は人生で二度目の交わりを経験し、身体を大きく震わせた。

男根をすべて挿れ終え、ジークフリートは重なっていた唇を離し、大きく息を吐いた。

「はっ……」

クラウディアもベッドで震えたまま、はぁ、はぁ……と荒く息を吐き、無意識に膣内にあるジークフリートをたしかめるように締める。

「……うっ、ラス、挑発する、な……」

苦しそうな声を出しているジークフリートを見上げると、眉根を寄せて息を乱していた。

「ん……ぁ……、はぁ……」

自分のことで精一杯なクラウディアは、ジークフリートがなぜそう言っているのかわからない。

ただ初めての時の行為とは違い、あの拷問のような苦痛はまったくなかった。

挿入時の異物感と圧迫感は拭い去れないが、苦痛もなくジークフリートの大きなモノが自分の膣内に挿入《はい》っていることが信じられなかった。

「痛みは……なさそう、だな……」

心配そうにしているジークフリートのほうが苦しそうに見える。

すぐに動くこともせず、クラウディアの様子を見て慣れるまで待っているようだった。

房事の事情に関してはクラウディアは無知で、どう見てもジークフリートのほうが辛そうだったせいで、意識せず思わず言葉が出た。

「……苦しいの、ですか？」

「あぁ……その通りだ。そなたの、膣内は溶けそうほど心地好い。限界だ……動く、ぞっ……」

額にじんわり汗を掻いて、耐えるような顔のジークフリートもやはり極めて艶《つや》っぽく、胸の奥がきゅっと疼き、忘れていた過去の淡い感情が蘇った。

とはいえ、クラウディアとて余裕があるわけではない。

ただあの拷問のような酷い苦痛はないものの、代わりに下腹部が疼くような不思議な感覚があり、行為に対しての怖さが薄れていた。

「お好きなように……なさってください。これは……私の過ちに対する、罰なのですから……」

横に視線を外し、意識すらせず口から出た言葉に、ジークフリートは目を見開いた。

「ラス……。今の言葉、忘れるな」

低く唸り声を上げたジークフリートは、ゆっくりと止まっていた腰を動かした。

「はっぁ！　……ん、ぁ！」

腰を緩やかに打ち付け、その度に狭い膣内をジークフリートの熱くて太い男根が擦ると、今まで感じたことのない甘い快楽がじわじわとクラウディアを支配していく。

「ラスっ……」

ベッドがギシギシと大きい音を立てるほど激しく、隘路《あいろ》の奥まで太いモノを挿入され突き動かされると、子宮が疼くような甘い感覚が湧いてくる。

「んっ、んッ！　あぅ!!」

昔感じたあの激痛が嘘のように、腰の奥から生まれる甘い快楽に呑まれていく。

ジークフリートの顔も仄《ほの》かに赤く、動く度にわずかに吐息が漏れている。

彼は身体を起こしクラウディアの乳房の先端を指先で摘《つま》む。さらに彼が膣内を揺さぶるとクラウディアはさらに強い快楽を感じ、ジークフリートの熱い塊をキツく締めてしまう。

「うっ！　くッ……ラス、締めすぎ、だっ……」

「あっ！　はぁ、あ……！　やぁっ！」

ジークフリートは一度腰の動きを止め、弄っていた胸の尖りを口に含み、舌を使って愛撫していく。

舌先で転がすように嬲られ、キュッと強めに吸われると、クラウディアの身体にはビリビリと快楽が走り、穿《うが》たれながら悶える。

「はっ！　あぁ！」

堪らず身体がビクビクと反応し、意図せず膣内の男根を幾度も締め上げてしまう。

クラウディアのキツい収縮に、ジークフリートは時折愛撫の手を止め、息を乱した。

「ふ……、くう……」

大きな手が火照《ほて》った肌を滑るように撫で、クラウディアの感じる箇所を刺激しつつ早急に高みへと導いていく。

「あっ、……う、んっ！」

繋がったまま身体の向きを変えられ横を向く体勢にされると、片足を大きく開かされて下から突き上げられた。

「はっ！　あっ！　……ん、ぁ！」

しとどに濡れた陰部をぐちゅぐちゅと男根が出入りする音が部屋に響く。ジークフリートは蜜口の上にある陰核を指で擦る。

粘液の滑りとともに指先で弄られると、クラウディアは耐え難い強烈な快楽を感じてしまった。

「——あぁっ!!」

強すぎる悦楽にクラウディアの身体がビクリと大きく仰け反る。

熱くて太い男根で突かれると同時に敏感な部分を手で弄られるという苛烈な快楽など、クラウディアは耐えきれず、涙を流してジークフリートに嘆願する。

「公子、さまぁ！　……あっ、ひ！　離しっ……はぁ！」

急激に上り詰めていくクラウディアの蜜口ははしたなく蜜を溢し、シーツを濡らしていく。

あまりの快楽にガクガクと身体を震わせ、ジークフリートの男根を美味そうに呑みこみながら膣内を激しく収縮させた。

「達し……そう、か……？」

ジークフリートも余裕がないのか、穿《うが》つ腰の動きがどんどん早くなる。

クラウディアは首を振り、手元にあるシーツを握り締めた。

「んっ、んっ、ふぁ！　も、っ、何か……あッ！」

先ほど感じた高みより遥かに強い奔流がクラウディアを襲う。

身体の奥の何かが大きく弾けそうで、上げる声も甲高く上擦った声へと変化していく。

不意にジークフリートの腰と手の動きが止まる。

「――なっ！」

あと少しであの極上で甘美な悦楽を味わえると思っていたクラウディアは、急な喪失感に無意識に腰を揺らしてジークフリートの熱い杭を締める。

「はっ……ぁ、やぁっ！」

「うっ……！　待て、ラス……ジークと、呼べ」

刺激を求め、膣内が切なくジークフリートの男根をきゅうきゅうと締める。

はしたなく腰を揺らして催促するが、無情なジークフリートは動きを再開してはくれない。

「ラスっ、締め、るな。ジーク、だ」

「ぁッ……ん、……じ、ぃく……」

「そうだ……私の名を呼ぶんだ」

背中越しにかけられる声に従い、早く達したいクラウディアは教えられた通りジークフリートの名を呼ぶ。

「ジー……ク、様」

「敬称も、いらん」

そうすると、ジークフリートは緩やかに腰の動きを再開する。

「あっ、はあっ！」

緩慢な動きがもどかしくクラウディアを焦らす。

先ほどのように奥を突いて秘部を弄ってほしいのだが、思ったほどの快楽が得られず無意識に腰を揺らして蜜であふれる内部を切なく締める。

「ラス」

「は、ぅ……ジー……ク、ジーク……」

「良い子だ」

背後から耳朶《じだ》を食《は》まれビクッと身体が跳ねる。色を含む声が鼓膜に響き、クラウディアの官能を刺激する。

「んっ！」

ジークフリートはいったん向かい合う形に体勢を変える。

そしてすぐに再開した腰の動きは先ほどよりもずっと激しく、クラウディアは込み上げる涙を止めることすらできず訳もわからないまま声を上げ、与えられる快楽を貪った。

「あ、あぁ！　……んゃっ！　……ぁ、ジークっ、ジークッ！」

差し迫る目の前の快楽に狂ったようにひたすら名を呼ぶ。男根が膣内を出入りし耳朶《じだ》が舌で嬲られるせいで、またあの甘く激しい快楽の奔流が押し寄せる。

「や、やぁ！　ま……たっ、あっ！」

ジークフリートも限界が近く、クラウディアの両足を腰に絡めさせると、理性を失った獣のように激しく突き上げる。

「ラス……ラスっ」

目を閉じ眉根を寄せて、収斂《しゅうれん》を繰り返す熱い肉壁を押し返すように、名前を呼びながら最奥を攻める。

「はっ！　ぁ、あっ！　ジーク、ジー……――っんん!!」

目の前が真っ白に弾け、クラウディアは甘く強烈な快楽に体を震わせ絶頂を極めた。

そして絶頂へと達したクラウディアの内部が、ジークフリートの男根を搾り取るように激しく締め、腰を強く穿《うが》ちながら膣内で爆ぜた。

「う、ぐぅ！　ッ!!」

ジークフリートは何度か緩く腰を打ち、熱く濃い精を奥に何度も大量に放った。


広い室内に情事の匂いが立ちこめ、互いに重なり合い荒い息を吐きながら、二人は弛緩した身体をベッドへと預けた。

激しい余韻にクラウディアの身体がピクピクと震え、達してもなお、まだ膣内に埋められているジークフリートを絡め取り刺激している。

「ラス……まだ、足りないか……？」

クラウディアに覆い被さっていたジークフリートが肘を使い、ゆっくりと身体を起こす。

快楽の残滓《ざんし》は抜けず、呼吸もまだ荒い。

クラウディアにとって、初めて男女の交わりを経験したといってもいい。

足りるか足りないかで言えば、すでにクラウディアは十分なほど満ち足りていた。

顔を上げてクラウディアを見下ろしていたジークフリートは、クラウディアの開いている唇をジッと見ると、顔を近づけて舌を捩《ね》じこんだ。

「んっ……ふぅ……」

舌を絡めて舐められると、甘い余韻に浸るクラウディアの劣情を刺激する。

室内にぴちゃぴちゃと響く水音に、くぐもった喘ぎ声が混じりだす。

「はっ！　……ぅ、んん……」

腟内を舌で嬲られていると、意識せず膣内のジークフリートを緩やかに締める。先ほど果てたとは思えぬほどジークフリートの男根が早急に硬さを取り戻していった。

ぴちゃりと音を立てて舌と唇が離される。

「はっ……ぁ……」

唾液の糸がツゥーっと引く。クラウディアは呼吸を貪るように、はくはくと息を吸った。

「そなたのことだ……意図せずやっているのだろうが……」

薄っすら目を開けて見上げると、視界の全てがジークフリートになるほど距離が近かった。

言われている言葉の意味がわからず、ぼんやりとしながらその端整な顔を見ていた。

「初夜ゆえ、加減してやろうとしたが……いらぬ心配だったか？」

「え……？」

クラウディアはまだ夢の中を漂っているような朧《おぼろ》げな感覚だった。

繋がったままだった蜜口から、ジークフリートは硬度を取り戻した塊を一度抜く。

「っ……ンッ！」

異物が消えると、埋められていた穴を元に戻すように肉壁がヒクヒクと収縮する。

ずるりと抜かれた凶器を追うように、放たれた濃い精がどぷりと流れ出てきた。

「ぁ……う……」

抜かれた喪失感に身震いし、蜜口から残滓《ざんし》が流れ出る感覚にゾクリと身体を丸めた。

「ラス……」

まるで愛しい者でも呼ぶように耳元で囁く声に、クラウディアの心が揺さぶられる。

ようやく解放され身体が気怠《けだる》さを訴えているが、これ以上みっともない姿を見せる訳にいかなかった。

「ご満足……ですか……？」

「……満足とは？」

身体をうつ伏せたまま、どうにか顔だけジークフリートのほうを見た。

「私を辱めて……満足、されましたか？」

「ラ……ス……」

「雪辱を果たされたのなら……、一思いに、葬ってくださいませ！」

王族の証である彼女の緋色の瞳に不屈と不安が過《よぎ》る。

気高く燃えるような赤に魅せられたのか、ジークフリートは一瞬目を瞠《みは》ったが、すぐに片眉を上げた。

「はっ……ほど遠いな」

クラウディアの見上げた先では、ジークフリートが不敵に笑い、クラウディアを映す黄緑色の瞳を妖しげに細めている。

「――なっ……」

「好きにしていいと言ったのはそなただ」

顔を近づけると耳元に唇を寄せ、優しげに……だが低く言葉を発した。

「――たかが一度の交わりで、私が満足すると思っては困る」

「んッ」

耳朶《じだ》を甘噛みされると身体がびくりと跳ね、クラウディアは思わず瞳を閉じた。

（……怖い）

死を目の前にした恐怖ではなく、このまま骨の髄まで食べられてしまいそうで、身の危険を感じ戦慄する。

クラウディアは己の発した言葉を後悔する。

だが、なす術もなく夜が更けるまで、ジークフリートに甘く攻め続けられることになったのだった。

第四章　秘められた過ち

翌朝。

クラウディアが目覚めた時には、すでにジークフリートはいなかった。

陽も高く昇り、いかに自分が体を酷使し、深く眠っていたのか思い知る。

（体が……鉛のように重い……。初めての時は痛みが酷かったけれど……今は、痛みの代わりに怠《だる》さが酷くて、寝返りを打つのも億劫《おっくう》だわ……）

身体もさることながら、下腹部にもかなりの違和感があった。

何度も膣内を攻められたせいか、秘部に鈍痛を感じ、まだ何か埋め込まれているような異物感が拭えない。

クラウディアは気怠《けだる》い身体をベッドへ預けた。

今までこんなふうに堕落したことはないが、今日ばかりは身体がまったく言うことを聞かない。

オースティンのことも気になるが、それ以上に、疲弊した身体はクラウディアの気力と思考力を奪っていっていた。

自分の周りに誰もいないことを確認すると、クラウディアは眠気に誘われるまま重い体をベッドに沈め、再び深い眠りについた。

クラウディアが再び目を覚ましたのは昼もとうに過ぎていた。

そして起きた瞬間にお腹が派手に鳴ってしまった。

思えば、昨日拉致されてから何も食べていない。

目を開けて部屋を見渡す。

高価な家具や調度品のような飾りは昨夜見たままで、ベッドで死んだように寝ていたクラウディアは近くにあるテーブルにベルが置いてあることに気づいた。

これは使用人を呼ぶときに使うもの。

そして、クラウディアの脳裏では、まだ裸のままで昨晩の身体の汚れも落としたい、という考えが占めていた。

しばらく躊躇した末、クラウディアは手を伸ばしベルを鳴らした。

「失礼いたします。お呼びでございますか？」

しばらくして入ってきたのは、お仕着せ姿の若い侍女だった。

「あの……貴女は？」

「私はメアリと申しますが、ぜひメリーとお呼びください！」

元気よく自己紹介した彼女は、茶髪を三つ編みにして横から流し、くりっとした茶色の瞳でどちらかというと活発そうな雰囲気。背はそこまで高くはなく、年の頃はクラウディアより若そうだった。

布で身体を隠し、ベッドから上半身を起こした状態でその侍女に話しかけた。

「申し訳ございませんが……着替えと、できれば湯浴みをしたいのですが……」

「かしこまりました。すぐに用意させていただきます」

深々と礼を執り、彼女は急いだように部屋から出ていく。

そしてまた一人部屋に取り残されてしまった。

(勝手にお願いしてしまったけれど、良かったのかしら？　ジークフリート様も、結局私の身体を好きにして処罰はされなかった……。私はこれから……どうしたらいいの……？)

一人になった部屋でクラウディアは思案に耽る。

ジークフリート自身が捜して連れて来たくらいだから、とてつもなく憎く思われていて、すぐにでも殺されると思っていたし、クラウディアもそうしてくれと頼んだ。

だがジークフリートは、クラウディアの身体を弄んだだけで殺しはしなかった。

(なぜ？　ジークフリート様は一体何をお考えなの？　どうしてすぐに殺してくれないの？　私を弄んで、それから殺すおつもりかしら……)

だとしたらそれは、クラウディアにとって最も辛く苦しい罰になるだろう。

捕まった時に潔く死ねたなら、未練もなく大に召されただろう。だが、訳もわからずジークフリートに抱かれてしまった今、わずかだが未練が残ってしまった。

クラウディアはベッドに座ったまま膝を抱え、顔を伏せた。

(オースティンは大丈夫かしら……？　あの子に会いたいわ……。慣れない環境で泣いていなけれ

ばいいけど。私がいなくなったら、あの子を慰めてくれる人もいないわ)

じわりと涙が浮かぶ。

すべての罪は自分にあるのに、なんの罪もない我が子が苦境に立たされることになってしまう。

(ごめんなさい、オースティン。母様がすべて悪いの……!)

しばらく打ちひしがれていたクラウディアの耳に、ノックの音が聞こえた。

返事をすると、先ほどのメリーと名乗った侍女が入ってくる。

「湯浴みの準備が整いました」

「ありがとうございます。……あの、一人で入りたいので、案内だけお願いしてもよろしいですか?」

顔を上げ、薄いシーツで身体を隠す。

半日以上寝ていたおかげで、起き上がれるくらいに体力は回復していた。この調子であれば一人で湯浴みをしても問題ないだろう、と踏んでいた。

それに昨晩ジークフリートに抱かれた痕がまだ色濃く残っている。こんな姿を人前に晒したくなかった。

しかしクラウディアの言葉を聞き、メリーは戸惑いの表情を浮かべた。

「ですが、お館様からお客様を丁重に持て成すように、と仰せつかっております」

言われたクラウディアも、戸惑ってしまった。

(お客様? 丁重に? どうして……?? ジークフリート様は何を考えていらっしゃるの? 私は、

罪人なのに……）

疑問が強く残ったが、それより、羞恥のほうが勝った。

「気遣いなどは無用です。ひとまず案内してもらえますか？」

「は、はい。かしこまりました」

クラウディアがメリーを見つめながら言うと、メリーは怯《ひる》んだように頭を下げた。

メリーはそのまま扉へ向かって歩き出すが、クラウディアはシーツを身体にかけていただけだ。さすがに裸のまま移動するわけにもいかない。

昨晩、無理やり剥ぎ取られた衣類を探す。キョロキョロと辺りを見回すと、ベッドのすぐ下に無造作に放り投げられていた。

力の入らない身体を起こし、ベッドから立ち上がる。

「あっ！」

「危ないですっ！」

ベッドの縁に腰かけ床に足をついて立ち上がろうとしたが、試みも虚しく足に力が入らないまま床に倒れこんだ。

とっさに駆け寄ったメリーが、クラウディアの身体を抱き留める。

「大丈夫ですか!?　お怪我はございませんか!?」

「ありがとう、ございます。……ごめんなさい……」

ここまで足に力の入らない自分にも驚いたが、こんな風に心配されたことにも戸惑いを隠せなかった。

主の命令で仕方なくお世話をしていると思っていたが、メリーは本気で心配しているようにクラウディアの身体を気遣ったからだ。

「謝る必要などございません！　こちらを羽織って私にお掴まりください！」

近くにあったガウンを羽織らせてもらい、クラウディアを支えながら立たせてくれた。


クラウディアはメリーに支えられながら廊下を歩いて、ようやくお湯に浸かる。

温かくて酷使した身体に沁みるようだった。

ほぅ……と息を吐き、昨晩の疲れを癒す。

「湯加減はどうですか？」

「ちょうど良いです。……本当にありがとうございます」

「私に敬語など必要ございません。お館様の大切なお客様なのですから！」

先ほどから言われている、お客様という言葉。

(ジークフリート様は私をどうしたいの？　こんな風に対応されると、どうしていいのかわからないのだけれど……)

「お体をお流しいたしますね」

メリーがお湯に浸かっていたクラウディアの身体を優しく洗ってくれる。決して罪人への扱いではないそれに、クラウディアは疑問を覚え続けていた。

「いえ、自分でできます……、あっ、できるから、大丈夫よ」

「しかし、お体に障りますから、私に洗わせてくださいませんか？　お客様はその……酷くお疲れのようなので……」

遠慮がちに言われた言葉の意味を汲み取り、カァーとクラウディアは頬が熱くなるのを感じた。

メリーにもおそらくわかっているのだろう。ジークフリートの寝室にいたクラウディアがなぜ歩けないのか。

体中の痕を見ればすぐにわかる。クラウディアの身体には昨晩ジークフリートに付けられた痕が至る場所に残っているのだから。

クラウディアから見えない背中にもかなりの数の痕があるのだろう。メリーは密かに顔を赤くしてクラウディアの背中を擦った。

「私はラス、と言うの。そう呼んでもらえるかしら」

「かしこまりました、ラス様ですね！」

元気よく笑顔で返答されると、それ以上何も言えなくなる。

こうして裸を晒してしまった今、断ったところでもう意味はないか、とクラウディアは諦め、メリーに身体を洗ってもらうことにした。

「ラス様はとても細身で素晴らしい体型をしてらっしゃいますね！　ここまで完璧に身体を絞れるなんて、羨ましいです！」

クラウディアの身体を優しく洗いながら、メリーはニコニコしてクラウディアに話しかける。

今こそ知らないが、クラウディアが王宮にいた頃の貴族の女性たちは、こぞって体の細さを競っていた。

コルセットを極限まで絞るものだから、パーティーの途中で具合の悪くなる女性もいて、侍女として働きながらその様子を見ていたクラウディアは、なぜそんな考えに至ったのか不思議で仕方なかった。

「そんなことないわ。ただみすぼらしいだけの体ですもの……」

昔も今も相変わらず食べるものには困っていた。

オースティンの成長を一番に考えて、自分は後回し。お腹いっぱい食べた記憶などここ最近はない。

肋骨も浮き出て肉の少ない身体。

細身と言われれば聞こえはいいが、クラウディアからすれば貧相としか思えなかった。

そう思っていると、クラウディアがジークフリートに見つかってこの屋敷に連れてこられてから、丸一日以上何も食べていないことを思い出す。

そして、クラウディアのお腹が大きな音を立てて鳴った。

「これは大変失礼いたしました！　湯浴みを終えたらすぐに食事を用意させます。気づかずに申し訳ございません！」

クラウディアの身体を洗い流したメリーが慌てた様子でタオルの準備をしている。クラウディアはあまりの恥ずかしさに俯いて、顔を赤くした。

「ごめんなさい。急ぐ必要はないわ。作る人も大変でしょうから……」

「何を仰いますか。お気になさらないでください。では上がりましょうか」

またメリーの手を借りて身体を拭くと、用意されていたドレスに着替えた。

「よくお似合いです！　……ですがサイズが少し大きいようですね。準備が間に合わず既製品のドレスになってしまい大変申し訳ございません。ただいま別のものを――」

「いいえ、これで十分よ。余裕のある服のほうがありがたいわ」

用意された椅子に座って姿見で確認するが、多少余裕のある服のほうがみすぼらしい体型をカバーできて安心する。

「……ラス様は、お優しいのですね」

姿見に映りこんでいたメリーは、笑顔を浮かべてクラウディアを見ていた。

クラウディアは複雑な気持ちになる。

自分は客人ではない。裁かれるべき人間なのに……

あまりの待遇の良さに困惑し、疑問と罪悪感が募っていくばかりだった。

着替えが終わり身支度を整えたクラウディアは、メリーに支えられながらジークフリートの私室へ戻った。

「お食事をこちらに運ばせますので、しばらくお待ちくださいませ」

頭を下げたメリーに、クラウディアは驚きを隠せなかった。

「いえでも、こちらは公爵様の私室では……！　ここで食事をする訳にはいかないし、私が他の場所へ移動するわ」

「ご安心ください。執事長の許可も得ておりますので、ラス様が気を煩わせる必要はございません」

ニコリと屈託のない笑顔を向けられると、次の言葉が出なかった。

乳母が亡くなって以来、あの離宮の使用人はクラウディアに冷たく当たってきた。

自分が同じ立場で働くようになり、少なからず彼女の考えも理解してはいたが……それでも理不尽なことをされた痛みは今でも残っている。

なのに、こうして丁寧に対応されると逆に戸惑ってしまう。

クラウディアとてわかっている。

彼女のこの顔は、偽りなんだと。

同じく働いていた使用人たちはいつも文句ばかり言っていた。貴族や王族の酷い対応に不満を漏らし、いない場所ではずっとその話ばかりしていた。

「メリー、貴女が対応してくれてとても助かったわ。ありがとう」

ふわりと笑いクラウディアが心を込めてお礼を言うと、メリーは頬を染めて頭を下げた。

「と、とんでもございません！　私は、自分の仕事を全うしただけですのでっ！」

まだ信用はできないが、その態度に好感は持てた。

そのままメリーは退出していき、手持ち無沙汰になったクラウディアがしばらくベッドで休んでいると、料理が運ばれてきた。

応接テーブルに腰を掛けたクラウディアの前には、色とりどりな前菜に肉や魚といった目にも鮮やかな料理が、テーブルいっぱいに所狭しと並べられていく。

「すごいわ……。とても美味しそうだけれど、こんなには食べられないわ……」

空腹は極限状態を越えて痛みすら伴っていたが、ここまでたくさんの食事を一人で食べることは無理だった。

「どうぞ遠慮せず、お召し上がりください」

メリーにそう言われ、クラウディアはおずおずとナイフとフォークを手に取り、料理を次々に口へと運んでいく。

食べたこともないご馳走に、空腹も手伝い、自然と笑みがこぼれる。クラウディアは一口ずつ噛みしめながら夢中で料理を食べていった。

人心地つき、ふう、と息をついたころ、メリーがお茶を淹《い》れてくれた。

「もうお腹がいっぱいだわ」

「ラス様はとても幸せそうに料理を召し上がるのですね」

「そうかしら？　こんなに美味しい料理を初めて食べたからだと思うわ。……けど、さすがにもう食べられないの」

テーブルの食事は半分くらい減った程度。目の前に残っている料理をもったいなく、そして申し訳なく感じ、クラウディアは顔を伏せた。

「残されても構いません。ご満足いただけたのでしたら料理長も喜びます」

「こちらの料理はまだ手を付けてないから、よかったら他の方々で召し上がってくれるかしら。もしそれが難しいなら、私があとで食べるわ」

にこりと笑顔で告げたクラウディアとは対照的に、メリーはクラウディアの発言に驚いた表情を浮かべた。それから慌てたように口を開いた。

「いえ、ラス様がそこまでする必要はございません。夕食は別にご用意いたしますので、お気になさらずに！」

「でも、せっかく作ってもらったのに申し訳ないわ。我儘を言うようだけど、私はそこまで食べられないの」

「我儘などと……私共に気を遣う必要はございません！」

メリーは戸惑いを隠さないままそう言い、テーブルの食事を片づけていく。

その光景をクラウディアがお茶を飲みながら見ていると、片づけ終わったタイミングでメリーがまた話し出した。

「お食事が終わった頃に、執事長がラス様にお目にかかりたい旨を言付かっておりますが、お呼びしてもよろしいでしょうか？」

「……公爵家の執事長が私に？」

応接用の椅子に座り、クラウディアはお茶の入ったカップに目を落とす。

(アサラト公爵家の執事長が私に挨拶を……？　どうしてそんな必要が……)

クラウディアはメリーの問いかけに答えず、しばらく黙る。

「あの、もし気分が優れないのでしたら今でなくても……」

「あっ……いいえ、大丈夫よ。お呼びしてもらえるかしら」

心配そうなメリーを宥《なだ》めるように、そしてクラウディアが彼らを信用していないと思わせないように、笑顔を浮かべた。

メリーは安心したように微笑むと、一礼してそのまま執事長を呼びに部屋から出ていった。


一人になったクラウディアは思案に耽っていた。

(何度考えたところで、ジークフリート様が何をしたいのか、まったく見当もつかないわ)

これまでの度重なる待遇を思い返しては、頭の中には疑問が湧いて止まらない。

ジークフリートが自分を捜し出して公爵邸に連れてきた理由も、憎いはずの相手を抱いた理由も、殺してほしいと言ったのにこうして客人のように扱う理由も……

幾度考えたところで、答えは何一つ思い浮かばなかった。

(殺すつもりはないようだけど、だからといって私をどうしたいのかしら)

ティーカップをテーブルに置いて、ゆらゆら揺れる水面に自分の顔が映っているのをただジッと見つめる。

(オースティンは元気にしているのかしら？　あの子に会って今すぐ抱きしめて、愛していると言ってあげたい！)

眉を顰める自身の様子が視界に入る。

ちょうどその時、部屋にノックが響き、メリーと共に執事長が入ってきた。

皺のない執事服を身にまとった老年の男性は、白髪を後ろに撫でつけ、衰えを感じさせない美しい姿で腰を折る。

顔を上げた執事長は、自身をスティーブンと紹介した。

「ご不備はございませんでしょうか。お館様から最大限礼を尽くせと仰せつかっております。何かご入用でしたら、なんなりとお申しつけくださいませ」

スティーブンに言われた言葉にクラウディアは戸惑う。

「あの。公爵様がどのように仰ったのかわかりませんが、私に礼を尽くす必要などありませんわ」

「しかし、そのようなわけには……」

「誤解なさっているかもしれませんが、私は貴賓ではありません。こうして食事や衣服を用意していただけるだけで十分なのです」

クラウディアの言葉にスティーブンは微かに目を瞠《みは》る。畳みかけるようにクラウディアは話を続けた。

「今はまだ無理ですが、動けるようになりましたら下働きとして使ってください。なんでもいたしますから」

「なっ、何を仰いますか!? ラス様はお館様の大切なお方と伺っております。そのような方に下々の者と同じことはさせられません！」

慌てたように話すスティーブンの隣で、メリーも驚愕の表情を浮かべていた。

だが、クラウディアは真剣で、決して冗談など言っていない。クラウディアは緋色の瞳をじっとスティーブンへ向けた。

コホンと咳払いしそっと目を逸らすと、再び腰を深く折った。

「その件につきましては、お館様と一度ご相談させていただきます」

「えぇ、お願いいたしますわ。あの、もう一つ……」

「なんでございましょう？」

クラウディアは少しの間俯き躊躇していたが、意を決して顔を上げた。

「あの子に……オースティンに会いたいの！　少しでいいから会わせてもらえないかしら」

オースティンはジークフリートの婚外子にあたる。

突然やってきたオースティンが、公爵邸の中で辛い思いをしているのではないかと気が気じゃなかったのだ。

(芯の強い子ではあるけど、あの子はまだ六歳。寂しい思いをしてないといいけれど……)

緋色の瞳を潤ませ、クラウディアは執事長のスティーブンに懇願する。

すると、スティーブンは少しだけ戸惑ったように眉を顰めたが、すぐに微笑んだ。

「えぇ、それでしたらなんの問題もございません。よろしければ、こちらまでオースティン様をお連れいたしますが……」

「本当ですか!?　ありがとうございますっ！」

（オースティンに会えるっ‼　よかった……！）

もう二度と会えないと思っていた、愛しい我が子。

嬉しさのあまり涙を浮かべるクラウディアだったが、耐えきれず両手で顔を覆い、静かに泣き出した。

横からメリーが、クラウディアにハンカチを手渡す。

「こちらをお使いください」

「ごめん、なさい。ありがとう……」

「お礼など……私共の気が利かず申し訳ございませんでした。すぐにオースティン様をお連れいたします。今しばらくお待ちくださいませ」

優雅で洗練された姿勢を見せながらも、スティーブンは急いで部屋を出て行った。

少し泣いたら気分が落ちついてきて、クラウディアは濡れてしまったハンカチを見下ろした。

「メリー、ハンカチをありがとう。けれど、こんな綺麗なものを汚してしまってごめんなさい……」

「とんでもございません。そのためのものですので！」

クラウディアは涙目のまま顔を綻ばせ、メリーにハンカチを渡す。

「あなたは優しいのね、メリー」

「あっ……いえ、恐れ多いことでございますっ」

クラウディアの笑顔を見てメリーは顔を赤らめ、慌てて頭を下げた。

しばらくしてスティーブンがオースティンを連れてきた。コンコン、というノックでクラウディアは直ちに立ち上がる。

そしてドアが開いた瞬間、そこにいた我が子に駆け寄った。

時間にしてそれほど離れていたわけではない。

それでも親子二人は必死に抱き合い、泣きながら互いを呼び続けた。

「母様っ……母様ぁッ!!」

「オースティンっ！　会いたかったわ……」

◇◇

ジークフリートに連れてこられてから、三日が経った。

オースティンと再会したクラウディアは、それからオースティンと共に穏やかな時間を過ごしていた。

この日も花が咲き乱れる手入れの行き届いた庭園で、オースティンと一緒に散歩を楽しんでいた。

この三日間、ジークフリートはずっと留守にしていた。スティーブンが言うには元々頻繁に公爵邸へは戻らず、たまにしか帰ってこないということらしい。

それを聞いて、クラウディアはホッとして日々を過ごしていた。

「母様！　こっちです！」

「ふふっ、オースティン。あまりはしゃぐと転びますよ」

「見てください、母様。あそこに珍しい蝶がいま――」

オースティンは笑顔でしゃがみ、庭園の花を見ていた。しかし不意に動きが止まったかと思うとサッと立ち上がった。

「オースティン？」

側で不思議そうに問いかけるクラウディアの腰に、オースティンはぎゅっと抱きつく。

「あいつが、帰ってきます……」

「あいつ？」

オースティンはクラウディアに抱きついたまま、ずっと屋敷の門のあるほうを見ている。

その様子にクラウディアも勘付いた。

オースティンが言っているのはおそらく――

「オースティン……」

「母様。あいつは母様と何の関係があるのですか？」

オースティンがクラウディアを見上げて、残酷な質問をする。

クラウディアはしゃがんで、オースティンと目線を合わせた。

「あいつとは、誰のことです？」

「……あの冷酷で、偉そうなっ……」

彼と似た顔を歪ませて話すオースティンの言いたい人物はわかっていたが、クラウディアはあえてそれ以上聞かなかった。

オースティンの瞳をジッと見て言い聞かせる。

「オースティン。あの方はこの王国の貴族様で、最も高い地位にいるアサラト公爵様なのです。それをあいつなどと、決して人前で言ってはいけません」

しかもここはそのアサラト公爵の邸宅だ。よくしてもらってはいるが、周りはみんな敵のようなもの。少しの発言も気を付けなくてはならない。

「偉ければ何をしても許されるのですか！　母様と僕を、無理やり連れてきたのに！」

オースティンは目を潤ませながら、声を荒らげた。

生まれてからこれまで、オースティンがこんなに怒りに満ちている姿を見たことがない。

普段は利発で穏やかな子で、笑顔の絶えない子だった。が、そんなオースティンは今顔を怒りに染め、拳を握りしめて身体を震わせている。

クラウディアはしゃがんだまま、オースティンを抱きしめた。

「オースティン、貴方が怒るのも無理はありません。ですが、今回のことは母様が悪いのです。怒るのなら公爵様ではなく、この母を怒りなさい」

「どうしてですか⁉　優しい母様が罪を犯したなんて、そんなの嘘です‼」

クラウディアは抱きしめていた体を離し、オースティンの顔を見ながら話す。

「母様が罪を犯し、公爵様を怒らせてしまったの。今、母様が生きてこうして貴方に会えるのも、公爵様の温情なのです。ですから、そのように非難してはなりません」

しゃがんで向かい合ったオースティンの頬に、クラウディアが手を添えて撫でる。

可愛いオースティンを見る度に罪の意識が疼く。オースティンはクラウディアが犯した罪の証。なんの罪もない我が子を巻きこみ、ここまで言わせてしまっているのは自分のせいなのだ。

「でも、あいつは……あの公爵は、はじめから母様に対して怒ってなどいません！　……むしろ――」

「むしろ……なんだ？」

クラウディアの背後から声が聞こえた。ビクッとして振り返ると、そこには無愛想な表情のジークフリートがいた。

その後ろにはブライアンと公爵家の騎士たちも控えている。

庭園の後方から銀色の髪を靡《なび》かせ、颯爽と二人のもとへ近づいてきた。

ジークフリートは二人の前まで来ると腕を組み、抱き合っているクラウディアとオースティンを見下ろした。彼がオースティンに向ける視線は、酷く冷淡だった。

「オースティンよ。お前は紛れもなく私の血を引いている。アサラトの血筋として相応の振る舞いをするんだ」

「違うっ、アンタなんて知らない！　僕の親は母様だけだっ！」

「オースティン！　お止めなさい!!」

睨み合っていたオースティンとジークフリートの視線を遮るように、クラウディアがオースティンを抱きしめて止めている。

ジークフリートの機嫌を損ねればオースティンの命も危うい。

いくらジークフリートがオースティンの命を保証すると言っても、反抗的な態度を見せれば気が変わってしまうかもしれない。

「僕と母様がどんな思いで生活してきたか知らないくせにっ！　今さらのこのこ現れて偉そうなこと言うなっ!!」

オースティンが感情を露わにしてジークフリートに食ってかかる。ジークフリートは無言でその様子をただじっと見ていた。

クラウディアは、オースティンがジークフリートに処罰されないか気が気ではない。

オースティンを抱きしめながら、クラウディアは恐怖に震えジークフリートへ頭を下げた。

「申し訳ございません！　この子も初めての環境に戸惑っているのです！　どうぞ寛大な御心を――」

「お前たちがどのように暮らしてきたか、話してみろ」

ジークフリートは怒りを見せると思っていたが、意外にも冷静に口を開いた。

スティーブンもメリーも、ジークフリートの後ろで控えていたブライアンやアサラト公爵家の騎士たちも、固唾を呑んでクラウディアたちを見つめている。

オースティンはクラウディアに抱かれながら、ジークフリートを睨みつけた。

「母様はいつも何かに怯えていた！　僕を守るためにいつも、どんな時も姿を隠して、あんな誰もいない山奥に住んで……。でもアンタのせいなんだろ⁉」

オースティンの目から、ボロボロと涙があふれている。

「母様を苦しめていたのは、全部アンタだったんだ‼」

子供とは時として、酷く素直で残酷なことを言う。

クラウディアは震えが止まらなくなる。敏い子だとは思っていたが、ここまで敏感に感じ取っていたと思わなかった。

「もういいのよオースティン。公爵様に歯向かってはいけません」

クラウディアはオースティンを強く抱きしめ、なるべく小声で話した。

その様子を見てもなお、ジークフリートは何も言わず黙っていた。それが逆に恐ろしく感じ、クラウディアはさらに震える。

オースティンの荒い息だけが、静まり返った庭園に響く。

「ラス」

少しして、ジークフリートの声が響いた。

「今のは事実か？」

クラウディアの身体がビクッと跳ねる。

怖くて顔が上げられず、背中には冷や汗が伝っていく。

「答えろ」

静かに放たれる声はとても鋭利で、クラウディアの体を突き刺すように投げかけられる。

クラウディアは震えながらゆっくり立ち上がり、ジークフリートと向かい合った。

「こ、子供の言うことですので、全てを真に受けないでください」

「では、どこまでが事実だ？　少なくとも、そいつは嘘をついていない」

ジークフリートは泣いているオースティンを一瞥して、再びクラウディアを見る。

「物事の感じ方など、人によって違うものでございます。この子がそう感じていたのなら、それは私の責任です……」

「そなたの話は曖昧すぎる。もっと端的に話せ」

ジークフリートは冷静に言ってくるが、対してクラウディアは心臓がいくつあっても足りないほど焦っていた。

「身を隠していたのは、事実です。この子の容姿は、目立ちすぎますから」

「私が聞いているのはそこではない。そなたが何かに怯え、苦しんでいたというところだ！」

クラウディアがジークフリートを見ると、なぜだか彼は苦痛に歪んだ顔をしていて、思わず言葉が出なくなる。

なぜそれを聞きたいのかわからないが、答えはもちろん「はい」だ。

ただ、それを素直に言葉にすることが憚《はばか》られる。

周りの雰囲気も、ジークフリートの態度からも、それを認めてしまうと、何もかもがとても悪い方向に行くような気がしてならなかった。

「なぜ答えない」

「ぁ……う……」

ジークフリートはクラウディアをひたすらまっすぐ見つめている。喉がカラカラになり、恐怖で声が出なくなる。

しかし、なかなか答えないクラウディアの代わりに、オースティンが威勢よく口を開いた。

「そんなの、わかりきったことだ！　アンタが嫌だからに決まってる！」

「……お前には聞いていない。こいつを部屋へ連れて行け」

心配そうな顔をして側で控えていたスティーブンとメリーが、ジークフリートの言葉に慌てた様子で動き出した。

「さ、さぁっ、オースティン坊ちゃま。勉強のお時間でございます。お部屋へ戻りましょう」

「嫌だっ！　僕は母様と一緒にいる！」

「お勉強が終わりましたら、おやつにいたしましょう！　今日は珍しい異国の菓子をご用意いたしました」

騒いでいるオースティンを、二人が宥《なだ》めながら連れていく。

残ったのはクラウディアとジークフリート、そしてブライアンとその後ろに控えているアサラト公爵家の騎士たち。

「邪魔者はいなくなった。そなたは私と共に来い」

「やっ！」

ジークフリートがクラウディアの手首を掴み、そのまま引っ張り連れて行く。すぐに手首を引いて抗おうとしたが、彼の鋭い視線がクラウディアを射貫《いぬ》いた。

「――反抗するな」

冷淡に放たれた言葉に、クラウディアは押し黙った。

そしてクラウディアは、そのまま公爵邸の中へと連れていかれてしまった。

◇◇

ジークフリートは、クラウディアの手を引いて庭園からここに移動するまで、ずっと無言だった。

通りすぎる使用人たちも何事かと驚いていたが、深く追求することなく頭を下げて道を譲っていた。

部屋につくとその状態のまま手を引かれ中へと入る。

辿《たど》り着いたのは、クラウディアが寝泊まりしているジークフリートの私室だった。

スティーブンやメリーに部屋を変えてほしいとお願いしたのだが、これだけはなぜか要望が通らなかった。

「ここなら誰もいまい」

ドアが閉まってすぐ、ジークフリートは立ち止まった。

「先ほどの問いに答えよ、ラス」

午後の日差しが窓から入り、立つ二人の影を作っている。

クラウディアは俯き、手首を握られたまま黙っていた。

「なぜ答えない」

「そ、それは――え？」

唐突に、ジークフリートは握っていたクラウディアの手首を引き、そのまま自らの腕の中に抱きしめた。

(な、に……？　どうして、こんなことを……？)

クラウディアは困惑してしまう。

何しろ言葉と行動が矛盾していて、頭がついていかない。

静かな怒りを見せながらも、誰もいない場所まで連れてきて、こうして抱きしめてくる。

「そなたを追い詰め苦しめていたのは……私なのか？」

静まり返った部屋に、悲痛と読み取れるジークフリートの声が響いた。

「そなたにとって私は……その程度の存在だったのか……」

今まで聞いたこともないジークフリートの弱々しい声に、クラウディアはその体勢のまま驚きを隠せないでいた。

クラウディア自らの判断で選んだ選択肢は、離宮での生活同様貧困を極めた。

人前には晒せぬ幼子を連れて転々としていたが、それもすべて自分のせいだと言い聞かせていた。

たとえ気づかれたとしてもこの惜しくもない命で償えば、ジークフリートもそれで気が済むだろうと、投げやりに考えていた。

(もしかしたら、あの日犯した行為以上に、大きな過ちをしてしまったのかもしれないわ……)

ジークフリートに抱きしめられたまま、地の底にでも落ちていくような感覚を味わう。

ジークフリートはクラウディアをずっと捜していたと言った。あのときすでに確定間近だった第二王女との婚約も、知らぬ間になくなっている。

これが何を意味するか、考えることすら恐ろしく、クラウディアの身体は震え始めた。

「……私、は……」

蚊の鳴くような小さな声で言葉を紡いでいく。

「私はただ……貴方に、殺して……もらいたかったのです……」

「……ラス？」

ポロリと雫《しずく》がこぼれ、そして次々と目から頬へ伝っていく。

「貴方の手で最期《おわり》を迎えられるなら……この、生きることすら苦痛で……意味のない人生も、少しは幸せに思えるのだと……」

ボロボロとあふれ出した涙は止《とど》まるところを知らないようで、クラウディアはジークフリートの腕に抱かれ、感情のままに泣いていた。

「私は、愚かで……卑怯者なのです……」

ジークフリートは抱きしめていた腕を片方外し、涙を流しているクラウディアの顎を掴んで上を向かせた。

「心のどこかで思っていたのです……。あの日の行為によって憎まれたとしても……貴方に、私を忘れないでほしいと……」

「それは、なぜだ？」

「私は――」

――コンコンッ。

不意に、クラウディアの言葉を遮るようにノックの音が響いた。

クラウディアはハッと我に返り、目を大きく瞠《みは》った。

ジークフリートは言葉を止めた元凶に苛立つように舌打ちしクラウディアから離れると、扉のほうへ声を張り上げた。

「何用だ！」

「お取り込み中、申し訳ございません。僕です」

言葉の主はブライアンだった。

「くそっ……！」

扉まで早足で歩き、いささか乱暴に開け、ブライアンと何か話している。

残されたクラウディアはその隙に急いで涙を拭い、恥ずかしさのあまり顔を両手で覆っていた。

(私は今、ジークフリート様に何を言おうと……!?)

感情が昂っていたとはいえ、言わなくていいことまで口走りそうになっていた。

ブライアンが来なければ取り返しのつかないことになっていただろう。

扉側を見るとまだジークフリートとブライアンは話し合っている。

クラウディアは、ふぅ……と息を吐いて落ち着きを取り戻すと、近くにあるバルコニーに目を移し窓ガラスに手を当て、外の景色を眺めた。

外を自由に飛び立つ鳥たちが、視界の端から端へ飛んでいく。

（無理だとわかっているけれど……できるならこのまま……どこか遠くへ、行きたい……）

「また、逃げ出そうと考えているのか？」

背後から唐突に声をかけられ、ハッとする。

話を終えて戻ってきたジークフリートが腰に手を当て、窓の外を眺めているクラウディアに鋭い視線を送っていた。

クラウディアは振り返り、ジークフリートを見て力なく首を振った。

「……いいえ。もうそんなことはいたしません」

「では、先ほどの続きを聞かせてもらおうか」

話しながら、ジークフリートはクラウディアへ一歩ずつ近づく。

彼の言葉にビクッと身体が震え、俯いたまま黙りこくった。

感情に流され話していた先ほどと違い、今は冷静さを取り戻してしまった。

ジークフリートは目の前で止まると、沈黙するクラウディアを見てため息を吐いた。

「ラスよ。これ以上話さぬつもりか？」

どうしても答えたくなかったクラウディアは、ジークフリートの問いかけにも返事をしなかった。

しかしなぜか、ジークフリートは口端を吊り上げた。

「まぁいい。私の楽しみが増えるだけだ」

「きゃっ……！」

不穏な言葉にジークフリートを一瞥しようとして、突然身体を抱き上げられ、そのままベッドまで連れて行かれた。

クラウディアの身体をベッドへ横たえると、上着を脱ぎ、自らのシャツのボタンを外しながらジークフリートが上に乗ってくる。

「な、何を……」

「何とは？　この前、散々その身体に教えただろう？」

ジークフリートの言葉が響き、またビクッと震える。

昼すぎとはいえまだ日も高い。こんな明るい部屋でクラウディアの肌を暴こうとしている。

「や……、嫌、ですっ！」

「嫌なら続きを話すことだ。それ以外で止めることはできんぞ」

「そんなっ……！」

無情に放たれる台詞にクラウディアは身体を強張《こわば》らせる。またあの甘い責め苦に苛《さいな》まれるのかと思うと、怖くなってしまう。

しかし本心を話すことはできない。クラウディアはそれ以上、口を開くことはなかった。

◇◇

「あっ……やぁ！」

できる限り抵抗したが敵うわけもなくドレスは脱がされ、ツンと上がった乳房も括《くび》れた腰回りも、ほっそりとした脚もすべてがまだ明るい中に晒されてしまった。

羞恥を覚え身を隠そうとしたが、その前にジークフリートがクラウディアの上へと覆い被さり、重みをかけながら首筋に唇を寄せる。

唇が触れる擽《くすぐ》ったさとチリッとした痛みが同時に走り、思わず首を竦《すく》める。

「ッ、……いぁ」

「前に付けた痕が薄くなってしまったな」

ジークフリートはクラウディアの裸体をじっと見つめながら呟く。ただでさえ羞恥で赤く染まっていたクラウディアの顔が、恥辱に震えて肩辺りまで朱を帯びる。

「んっ、ン……お止め、くださいっ……なぜまた、ぁ……このような……罰を……！」

新たにいくつもの痕を刻むように、ジークフリートの啄みは首筋から鎖骨、胸元辺りまで下がっていく。

「んっ……やっ……！」

「そなたはこうして、罰を受けることを望んでいるようだからな……」

「そんな、やめっ……あぁっ！」

ジークフリートは薄く笑い、胸元の硬くなった突起をパクリと口に含むと、乳房を掴みながら舌先でチロチロと舐めはじめた。

その度に激しい快楽が走り下腹部が疼き、身体がビクビクと震える。

「やぁッ！　……はぁ……ぅ！」

「どうだ……言う気になったか？」

口を離し両手で乳房を掴んだ彼は、硬く尖った両方の突起を指先で引っ掻くように動かす。クラウディアは快楽のあまり涙をこぼしながら首を横に振る。

「ひっ！　……ぁ、あっ、あ！　……ゃめっ」

「ふっ、悦びすぎだ……。だが、さらに虐めたくなるな」

この状況を楽しんでいるのか、ジークフリートは薄っすら笑っている。

ツンと立っているクラウディアの突起を再び口に含んだ彼は、軽く歯を立て突起を水音と共に吸い上げた。

「ぃやっ！　はっ……あぁ！」

その後に舌先で優しく舐められチュッと吸われると、子宮に響くような甘い快楽に襲われる。

「はぅ！　ぁ、あっ……ん、んっ！」

まだ触れられていない秘部から蜜があふれはじめ、クラウディアは足を擦り合わせながら、切なく腰を揺らしてしまう。

「こちらも触れてほしいか？」

「ひゃっぅ」

スッと指先で濡れそぼった秘部を撫でられ、身体がビクリと跳ねる。

自分の痴態を恥じ、クラウディアは涙を流して首を横に振る。

「ん、ぁ……、いりま……せ……」

すでに息も絶え絶えでなんとか与えられる快楽に抗っていたが、それが逆にジークフリートの嗜虐心を刺激し煽っているとは気づくはずもない。

「そうか？　だが、ココは触れてほしそうに蜜をこぼしているぞ」

ジークフリートは無防備に晒されていた秘部に指を滑らせ、硬く膨らんでいる陰核を指の腹で擦る。

「ひぁっ！」

あまりに過ぎた快楽に肢体をしならせる。その様子を満足げに眺めているジークフリートは、追い込むように指を二本に増やし、陰核を上下に擦り上げていく。

「はぁっ！　……あっ、やぁ!!」

横たわり感じるまま身体を仰け反らせていると、突き出している乳房の突起をジークフリートが舌を出して舐めていく。

「んんっ！　も……ゃあ、あっ……そん、なっ」

敏感な部分を同時に愛撫され、クラウディアは高みへと上り詰める。

「あぅッ……！　だめっ……ん……――んん!!」

抵抗する間もなく、クラウディアは強すぎる快楽に呆気なく果てた。

ジークフリートは薄く笑い、その様子を満足そうに見ている。

「悦さそうだな……ラス」

クラウディアは震えながら肩で大きく呼吸をし、身体を弛緩させ恍惚としている。ジークフリートの言葉に答える余裕もなかった。

しかしジークフリートはそこからさらに追い打ちをかけるように、クラウディアの蜜口へ指を埋めこんでいく。

「――ひっ！　……やぁ！」

ベッドへ身体を投げ出し甘い余韻に浸っていたクラウディアは、つぷりと膣内に指が入っていく感覚に条件反射で恐怖を抱く。

「い、やぁ、……こわ、い……」

「怖くはないだろう？　この前は私のモノを咥えて、悦んで腰を振っていたぞ？」

耳元で優しげに、しかし意地悪く囁かれる言葉に、頬を朱に染め首を横に振って否定する。

「ちがっ……ぅ、ん！　抜いて……くださっ」

しかし彼はクラウディアの言葉など聞かず、指先でグリグリと膣内を刺激してくる。先ほど達した余韻も手伝い、再び快楽の波が押し寄せてくる。

「んぁっ！　あ、は……ぁっ」

散々膣内を解《ほぐ》したあと、彼はクラウディアをうつ伏せにして膝を曲げさせると、腰を高く上げさせた。

「な、にを……、やぁッ……！」

「まだ、言う気にならないのだろう？」

膝立ちになったジークフリートはズボンの前を寛《くつろ》げ、自身の反り勃つ猛ったモノを取り出し、腰を突き出すクラウディアの濡れた蜜口へ押し当てる。

「んッ！　や……めっ！」

すでに滴《したた》るほど濡れた秘部はジークフリートの男根を難なく受け入れる。熱く太い亀頭は愛液に濡れた肉壁を押し広げながらズブズブと膣内を犯していく。

「やぁっ！　……ぁ……あぁッ!!」

根元まで埋め込まれた男根を締め上げる。数日前に酷く責められたそこは、そのお陰とも言うべきか、なんの苦痛もなくそれを受け入れた。

「あ、……あ、……はっ……」

奥まで隙間なく埋めこまれた肉棒を確かめるように肉壁が蠕動《ぜんどう》し、無意識に焦れながらクラウディアは腰を動かしてしまう。

「くぅッ……はっ……！」

背後から聞こえるジークフリートの声は欲情を含んでいて、彼はクラウディアの細い腰を掴み、押し付けるように腰を動かす。

「んっ！　……あ！」

四つん這いになり快楽を促すため、クラウディアは目の前にあるシーツをぎゅっと握りしめる。

「動……くぞ……」

欲望を押し殺した声音と膣内を埋め尽くす圧倒的な質量に、クラウディアはこれから来るであろう極上の悦楽を心の隅で期待した。

熱く硬い男根がゆっくりと膣内を移動し、太い亀頭で肉壁を擦られる度に、耐え難い深みのある快楽がクラウディアを襲う。

「んっ!!　……ん、んッ！」

緩慢な動きのせいで期待していたような快楽が得られず、焦れたように腰を動かす。

ジークフリートもそれに気づいたのか、クラウディアの括《くび》れを掴み、強めに腰を打ち付けていく。

「はぁ！　あっ、あっ！」

肉壁を太い男根であますことなく擦られ、奥を突かれる快楽に震える。

「あッ、んん！」

「くっ……ぅ！」

子宮の奥から疼くような強い悦楽のせいで声を圧し殺すこともできず、クラウディアはただ突き上げられるがままに甘い声を上げる。

ジークフリートは掴んでいた腰から手を離すと、動きに合わせ揺れる乳房へ移動させる。

「やぁ……！」

両手で掴み指先で硬い突起を擦り、さらに背後から肉棒で膣内を突いていく。

二重の快楽に翻弄《ほんろう》され、クラウディアは男根を締めつけ身体を震わせて、高みへと昇っていく。

「あッ！　あぁ！　ぁうっ……んッ!!」

「……いいか？」

色気を帯びた低く掠《かす》れた声で問いかけられるが、クラウディアには答える余裕などなく、上と下から与えられる刺激的な快楽に首を振って悶えるだけ。

子宮が切なく締まり、擦られる膣内から腰が蕩けそうなほどの快楽が湧き起こる。きゅうきゅうと熱く太いモノを絡め取り、すべてを搾り取ろうとするように貪欲に吸い付く。

「はッ……くぅ！」

ジークフリートも余裕がないようで、腰の動きが次第に強く速くなる。再びクラウディアの腰を掴み、追い込みをかける。

部屋中にぶつかり合う音が響き、クラウディアの秘部から飛び散る蜜とともに、ジークフリートの男根が激しく出入りする。

「んぁっ！　あっ、はっ！　……や、……んッ！」

まともな言葉すら紡げず、強く突かれるたびに悲鳴のような喘ぎしか出ない。

目の前の枕に頭を預け、シーツをさらに握り締めて、迫りくる絶頂を前にひたすら声を上げる。

「ん……うっ！　あっ……、もぅ、もっ……」

奥まで激しく突かれる強すぎる快楽に、思わず涙を流す。

抑えきれない奔流がクラウディアの全てを支配していて、心も身体も達することしか考えられない。

「……達し、そうか？」

クラウディアはシーツを握りしめながら腰を動かし、身体の赴くままジークフリートの男根から精を吸い取るように収縮を繰り返している。

「んっ！　ぁ……公爵っ、様ぁっ！」

「ジークだ……ちゃんと呼ぶんだ」

「あっ！　あ、ジークっ、んッ、あっ！　ッ……ジークぅッ!!」

余裕のないクラウディアは必死に彼の名を呼ぶ。やがて子宮の奥からあふれ出てくるような悦楽を感じ、何かが破裂するような感覚を味わう。

「んッ、――あぁぁッ!!」

「う、ぐっ！　……はぁッ!!」

全身を震わせジークフリートのすべてを絞り取るように膣内を締め上げる。

ジークフリートもキツい締め付けに促されるように、クラウディアの奥に精を吐き出した。

小刻みに精を出しながら奥まで腰を動かし、絶頂に痙攣《けいれん》しているクラウディアの身体に覆い被さり、ズルリと凶器を取り出す。

「ぅんッ！　あッ……はぁ……」

「さぁ、ラス。……続きを聞かせろ」

ジークフリートは呼吸もまだ整わないクラウディアの頬や額に、そっとキスを落とし促す。

こんなふうに優しく扱われると気持ちが昂り、変に勘違いしてしまいそうになる。

「私に殺してほしいと思うほど……記憶に残したいと願うほど、私を想っていたと。そう、解釈してよいのか？」

クラウディアのすぐ隣でベッドに寝そべったジークフリートが横を向き、クラウディアへと問いかける。

クラウディアは甘い余韻を振り払い、どうにか冷静さを取り戻そうと深呼吸をする。

「……意味など、特にございません。お忘れくださいませ……」

首を横に動かし、甘い触れ合いから逃れようと拒絶の意を示す。

感情に流されるほど愚かなものはない。一時の快楽で全てを棒に振ることは得策ではないのだ。

クラウディアはそう考え、わざと冷たく彼を退けた。

しかし、彼はそんなクラウディアの言葉に笑い声をあげた。

「くくっ……そなたは予想以上に、私を楽しませてくれるな。その頑固さは王家の血ゆえか？」

ジークフリートの余裕めいた眼光は鋭く、クラウディアを射貫《いぬ》く。

クラウディアは身に迫る恐怖にゾクリと鳥肌を立てる。そのまま見つめられた黄緑色の瞳から目を逸らすことができなかった。

過ぎた時間が戻ることはない。

ジークフリートを穢し、追い詰め、婚約すら破棄させてしまった。

そこまでさせておきながら、自分勝手に好意を寄せていただけなどと、言葉にするのも馬鹿げている。

この想いは誰にも悟られてはならないのだ。

「お好きなように、解釈していただいて結構です。不快な思いをさせてしまったのであれば、謝ります」

ベッドの上で横たわり、ジークフリートと向かい合っていたが、ふいっと彼に背を向けた。

必要なのは都合よく歪められた虚偽のみ。

クラウディアの気持ちなど誰にも知られなくてよいのだ。

「……ラスよ。それは、私を見くびっているのか？」

背後から怒気を孕んだ低い声がかかる。

しかし振り返ることを、クラウディアの本能が拒んでいる。ゴクリと唾を飲み込み、言い知れない恐怖に身体が小刻みに震える。

「そなたは私の感情を逆撫でするのが実に上手い。感心するほどにな」

無意識にベッドから離れようと身体が動いたが、その前に忍び寄るように背後から肩を掴まれ、ビクッと身体が跳ねた。

だが、ここで怯《ひる》んでいては自分の思いを隠し通すことなどできない。

クラウディアは思い切って振り返り、ジークフリートの手を払う。そして緋色の瞳をキッと細めて彼へ向けた。

「私が憎いのでしたら、このような回りくどいことはせず、一思いに罰してくださいませ！　ずっとそう、申し上げております！」

ジークフリートは目を見開き、驚いたようにクラウディアを見つめる。

しかし少しずつ彼の目は細まり、口角がじわじわと上がっていく。

「あぁ……そなたはいつでも、私が知らぬ感情を呼び起こす」

「やっ！　……も、おやめ……、くださいっ！」

ジークフリートは大きな手をクラウディアに伸ばすと、片方の手で両手を掴み頭の上で縫い付け、もう片方の手でクラウディアの足を持ち上げた。

その間に身体を割り込ませ、まだ濡れている蜜口に硬さを取り戻した熱い切っ先を埋めこんでいく。

「ひぁ！　……あ、ぁ……あぁッ！」

ジークフリートの白濁と愛液で膣内は潤い、なんの抵抗もなく猛った太い杭を呑み込む。

「はっ……ぁ……ぅ……」

根元まで挿入されると、隘路《あいろ》がジークフリートのモノでいっぱいになる。

もう交わりたくなどないのに、身体は挿入の悦びに震え、喜々としてジークフリートを受け入れている。

「ふっ……何も苦痛を与えるだけが、罰ではない。過ぎた快楽は、時に痛み以上の苦痛を伴う。そなたがどこまで耐えられるか……楽しみだ」

妖艶に微笑むジークフリートの顔は残酷なほど美しく、クラウディアにさらなる畏怖を抱かせる。

「う……んっ、やぁっ！」

有無を言わせぬ物言いとともに、ジークフリートは腰を動かし始める。

熱い身体が激しく追い込まれ、クラウディアは再び、ジークフリートに甘く追い込まれるのだった。

◇◇

アサラト公爵家の執務室。

外は静寂に包まれ、星が煌々と瞬く真夜中。

部屋の灯りが室内を明るく照らしている中、執務机にはジークフリートが座っている。

すぐ脇にブライアン、少し離れた場所にスティーブン、メリーが立ちジークフリートのほうを見ていた。

普段から、ジークフリートが帰ってきたその日の夜中に、彼らの近況を報告するのが常だった。

「それで、私がいない間、ラスの様子はどうだった？」

ジークフリートに報告を上げていくその中で、クラウディアの話題が上った。

「はい。それについては私から報告させていただきます」

メリーはアサラト公爵家の騎士団に所属しており、女ながらも副官にまで上り詰めた実力者である。

今回は護衛兼、謎の多いクラウディアの事情を探る監視役のため、侍女として彼女の側に付いていた。

「ラス様はお館様が連れてこられたのち、オースティン坊ちゃまと再会したあとは穏やかに暮らしていらっしゃいました」

ジークフリートは机に座り、離れた場所で報告しているメリーの言葉を聞いている。

「変わったことはなかったか？」

「変わったこと、と申しますか……」

姿勢良く立ったまま胸に拳を当てていたメリーは表情を曇らせた。

「なんだ？　はっきり言え」

「ラス様は本当に王族なのでしょうか？」

「なぜそう思う」

メリーの一言にジークフリートが興味を示す。ジークフリートの言葉に続けて、メリーは話していく。

「まだ数日しかお側におりませんが、あの方には王族特有の陰険さや傲慢さが何一つ見られません。……たとえ長らく王室を離れていたとしても、人というものはある程度根本は変わらないと思うのです。しかし、ラス様はまるで……」

「王族らしくない、か」

「はい」

メリーの考えには、ジークフリートも納得している。

「スティーブン、お前はどうだ」

彼女の隣に並んでいた執事長のスティーブンが、一歩前に出る。

「はい、お館様。報告させていただきます。私の見た限りでは、ラス様はこの環境に戸惑っているように感じました」

「……続けろ」

「幾度もご自身は客人ではないとはっきり断言されていました。そして下女としてでも良いので雇ってほしいと仰ってきまして、我々も驚きを隠せませんでした」

スティーブンの言葉に、ジークフリートは驚き、一瞬言葉を失う。

「ラスがそう言ったのか？」

「えぇ、たしかにはっきりと。それは同じ場にいたメアリ殿も聞いております」

頷く二人を見て、ジークフリートは表情を険しく歪めた。

「ジークフリート様。念のためお聞きしますが」

と、その時、ジークフリートの座る執務机の隣に立っていたブライアンが口を挟んできた。

「ラス様にきちんと経緯は説明されたのですか？」

「……説明？」

「いや、ですから……ジークフリート様がラス様をずっと捜されていて、ようやく見つけて公爵家へ迎え入れるという……」

ブライアンの言葉にジークフリートは少し考え、口を開いた。

「ずっと捜していたことは言った。だが、迎え入れる話はまだしていない」

ジークフリートの言葉を聞いて、三人は目を瞠《みは》り、すぐに呆れた表情を浮かべる。ブライアンは片眉を上げて「もしや……」と続けてジークフリートへ問いかけた。

「今までなんの説明もせず、勝手に連れてきて私室に閉じ込め、無理やり手籠にして軟禁していたと……？」

「人を誘拐犯のように言うな。ちゃんと殺すつもりはないと言ったし、捜していたことは話したのだから」

三人は渋い顔をして、「はぁ……」とため息をつく。

呆れたような諦めに近い口調でブライアンが口を開いた。

「なぜオースティン坊っちゃんがあんなにも怒っていたのか、わかった気がします」

「何が言いたい……」

「これは僕の推測ですが、おそらくラス様は、ずっとオースティン坊っちゃんを隠すために山奥で暮らし、人と接触せず暮らしていたと思います。それも当たり前ですよね。オースティン坊っちゃんは外見だけですぐに貴族か王族だと気づかれてしまいますから」

その意見にメリーやスティーブンも同意するように頷いている。

「ましてやラス様はジークフリート様に追われている身ですから、オースティン坊っちゃんを守るため、日々見つからないよう怯えた暮らしを強いられていたのでしょう。そこにジークフリート様が突然ラス様を連れ去るべく現れた」

そう言い、ブライアンはニッコリとジークフリートへ笑顔を向けた。

「……さて、悪役がどなたなのかもうおわかりですよね？」

「ブライアン、貴様……命が惜しくないらしいな……」

ジークフリートはピキッと青筋を浮かせ、怒りを顔に表した。室内には冷ややかな空気が漂いはじめる。

その殺伐とした雰囲気を破るように、メリーが口を開いた。

「ラス様は、ご自身の罪を深く後悔しているようで……オースティン坊っちゃんにも、ここに連れて来られたのはご自分がお館様を怒らせたせいだ、と仰っていました。そして今、命があるのはお館様のおかげだとも、オースティン坊っちゃんにお教えしていました」

再び室内が静まり返る。

黙り込むジークフリートに対して口を開いたのは、スティーブンだった。

「お館様。差し出がましいようですが、年長者としてアドバイスさせていただきます。こういったすれ違いは早めに話し合って解決するべきだと思います。ラス様は第二王女様のような傲慢な方ではなく、話せばおわかりになる方です。長年捜されていたお館様の気持ちはお察しいたしますが……まずはお茶でも楽しみつつ、ラス様にご事情を説明されてみてはいかがでしょうか？」

この中では一番年かさであるスティーブンが、もっともな意見をつらつらと話す。そして、その場にいたブライアン、メリーも納得したように頷いていた。

ジークフリートも思うところがあり、一蹴はせずに黙って聞いていた。

「私もそれが一番良いかと思います。ラス様はとてもお優しい方です。第二王女様のように威張り散らさず、我儘一つ言いません。それどころか既製品のドレスでも文句を言わず、出された食事もとても幸せそうに召し上がっていました。私共が何かしたときには必ずお礼をおっしゃっていただいて……ラス様があの類の王族だとは、とても信じられません」

「……食事か。そういえば、昔のラスも痩せ細っていたが、土産物など与えた時には嬉しそうに受け取っていたな」

メリーの言葉に、ジークフリートは過去を思い出しながら呟く。

「言われてみればそうですね。ラス様が追放された際に、名前や出自といった全ての情報が破棄されたと報告しましたが……新たに僕が調べた第八王女様の噂では、相当贅沢三昧をしていたと。しかし当時侍女だったラスはかなり細身だったと記憶しています。王族に分配される財産を食い潰すほど贅沢していたという報告もありましたが、そうであればあのようにはならないはずですね。しかもなぜ侍女として働いていたのか……疑問が尽きませんねぇ」

立ちながら顎に手を当て、ブライアンは思考に耽る。しかし答えには至らなかったのか、両手をあげてひらひらと手を振った。

「……出会ってすぐ、ラスにそのことを聞いたが」

「ラス様はなんと？」

ブライアンが興味深そうにジークフリートに聞いた。

「好きなように推測しろ、と。私がそうだと思えばそれが事実だ、ともな」

「あぁ、なるほど。本心を言うつもりはないということですね」

そしてまた執務室に沈黙が流れる。ジークフリートも今までの情報を参考に、これまでのクラウディアの動向を推測するが、やはり明確な答えが浮ぶことはなかった。

第五章　すれ違う心

目を開くと広いベッドに一人で寝ていて、ジークフリートの姿はどこにもなかった。

今が朝なのか夜なのかもわからない。

ベッドの縁を手で掴んで少し身体を起こすと、秘部からジークフリートの放った白濁がドロッとあふれ出てきた。

「ッ……ぅ」

思わず身を縮め、クラウディアはやるせない気持ちになる。

起き上がろうと試みたが気怠《けだる》さのほうが勝ってしまい、またベッドへと横たわった。

(ジークフリート様はなぜ、私をまたこんなふうに……指を動かすのも億劫《おっくう》だわ)

気怠《けだる》い身体をベッドに沈め、クラウディアはしばらく天井を見ながら考える。

ジークフリートがなぜ自分に固執しているのか、どうしてもわからない。

だがなぜか、それを嫌だと感じない自分がいるのもたしかだった。

こんなことをされて酷いと思う反面……、心の片隅でなぜか嬉しくも思っている。

目の前までゆっくり持ち上げた手を、もう一度ベッドへ投げ出すように下ろした。

——幸せとは遥か遠く、自分には手に入らないもの。

何も知らないあの頃なら、ジークフリートにこうされることを、喜んで受け入れたかもしれない。

だがもう、淡い期待を夢見るほど子供ではない。

その思いを打ち消すようにきつく目を閉じ、知らぬ間にまた眠りについた。


そして物音で、再び目を覚ました。クラウディアの視界には、水の入った瓶の載ったトレイを手にしたメリーがいた。

「あ、ラス様。お目覚めになられましたか？」

まだ寝起きで頭がうまく働かず、側にいたメリーの言葉に反応できなかった。

目を閉じて重怠《おもだる》い身体を無理やり動かす。するとすぐに、側にいたメリーがサッと羽織を身体にかけてくれる。

そのままメリーの手を借りてなんとかベッドから身体を起こした。

「メリー……どのくらい……時間が、過ぎたのかしら……？」

まだ微睡《まどろ》みの中にいるクラウディアの身体を支え、メリーは水の入ったカップを差し出した。

「あり、がとう……」

渇いた喉を潤すクラウディアに微笑みながら、メリーは答えた。

「ラス様、今は夕時でございます。何度かご様子を見に来たのですが、とてもお疲れのようで……よく眠っておられました」

飲み干したカップをメリーに渡し、クラウディアは薄暗くなっている窓を見た。

今が夕時ということは、また丸一日何も食べていない。空腹に慣れているクラウディアだが、身体は正直なものでお腹が派手な音を立てて訴えている。

「気づくことができず大変申し訳ございません。夕食前ですので、軽めに食べられるものをご用意いたします」

酷く気落ちしたように話すメリーに、クラウディアは座りながら笑顔で言葉を返した。

「はしたなくてごめんなさい。貴女が謝る必要はないわ。このくらい慣れているから平気よ」

「いえ、ラス様がそのように感じられているのは私の落ち度です。慣れているなどと……そのようなこと仰らないでください」

「本当に平気なの。こんなことは当たり前だったから……貴女が気に病むことはないわ」

笑顔でそう話すクラウディアを見て、メリーは眉尻を下げた。

メリーの用意した軽食を食べ、湯浴みを終えて部屋へ戻ったクラウディアの身体はだいぶ軽くなっていた。

そしてなぜか途中で他の侍女も加わりながら、クラウディアの支度が着々と進んでいった。

今まで着たこともないような美しく煌《きら》めく緑の装飾のついた銀白のドレスが、瞬く間に着せられていく。

ここまできちんとした格好をするのは初めてのクラウディアだが、そもそもなぜこれほどまでに着飾られているのかわからず戸惑ってしまい、思わずメリーに声をかけた。

「ねぇ、メリー……こんなに着飾る必要があるの？」

「本日はお館様が夕食を共に召し上がるとのことですので、控え目ではありますが、お手伝いさせていただきます」

そう言うとクラウディアの言葉を待たずに、触ることも憚《はばか》られるほど大きく、向こうが見えそうなほど澄んだ宝石のついたアクセサリーを着けていく。

「とてもお綺麗です！　やはりラス様は高貴な装いがとてもお似合いです!!」

「えぇ！　なんて素敵なんでしょう！」

「素晴らしいですわ！」

姿見の前で華麗に変身したクラウディアを、メリーや他の侍女たちが褒めちぎる。

しかしクラウディアは、まるで舞踏会にでも出かけるような装いに、落ち着かなかった。

「あの……私のような者が、こんなに高価なものを身に着けていいのかしら。これほどのもの、私にはもったいないわ……」

ドレスやアクセサリーはとても美しく輝いているのに、着ている自分が酷くみすぼらしく見えて悲しくなる。

こういったものを着慣れないクラウディアにとって、貧相な自分と高価なドレスとのギャップを痛感し、滑稽にすら思えてきてしまった。

「何を仰いますか！　ラス様にこそ相応《ふさわ》しい装いです！」

「ありがとう。でも、こんな姿で公爵様の前へ出たら、気分を害されてしまうわ。……悪いけれど、普段の衣装を用意してもらえるかしら」

「お館様がそのようなことを仰る訳がございません！　これほどお美しいラス様をご覧になられたら、お館様も喜ばれます！」

メリーが必死に説得するが、クラウディアは静かに微笑むだけで譲ることはなかった。

「私には、こういったものに縁がないの。綺麗なドレスも、高価なアクセサリーも……。こういうものはもっと相応《ふさわ》しい方が身に着けるべきだわ。それは私ではないの……」

そう言って自分の身に着けられたアクセサリーに手で触れ、クラウディアは悲しげに笑った。

クラウディアのその様子を、メリーはじっと見つめていたが、すぐに微笑みを浮かべた。

「いえ、このまま向かいましょう」

「でも……」

「大丈夫です！　なんの心配もいりません。私が保証いたしますから！」

座っているクラウディアの前に跪《ひざまず》き、胸にドンと手を当て自信満々にメリーが断言する。

メリーの言葉にクラウディアの心が揺れる。

（……そうね。せっかく大変な思いをして支度をしてくれたのに、無下にするのも申し訳ないわ）

クラウディアは諦めたように笑うと、椅子からゆっくりと立ち上がった。

「お一人で大丈夫ですか？」

慌てた様子でメリーが立ち上がり、クラウディアの手を取る。

「ええ、貴女のおかげよ。メリーが念入りに身体を解《ほぐ》してくれたから、思った以上に足が軽くなったの。ゆっくりとなら歩けるから大丈夫よ」

にこりと優雅に微笑み、メリーに感謝を伝える。

化粧を施し盛装に身を包んだクラウディアは、頬を緩めてメリーに軽く頭を下げる。

「本当にありがとう。こんな素敵な格好ができて、とても嬉しいわ」

「ありがたきお言葉。私などにはもったいない限りでございます」

メリーはクラウディアの手を取りながら、恭《うやうや》しく胸に手を当て言葉を述べる。

「ふふっ、そんなにかしこまらないで。まるで騎士様みたいよ？」

クラウディアの発言に、メリーの身体が一瞬強張《こわば》った。

「……いえ。ひとまず向かいましょう。お館様が首を長くして待っておられます」

少しだけメリーに違和感を覚えたクラウディアだったが、すぐにメリーに促され、気は乗らないものの部屋を後にした。


アサラト公爵家はどこも格式高く、いかに自分が場違いなのかクラウディアは思い知らされた。

離宮にあったような絢爛な装飾の壁紙やカーペットなど、クラウディアにとっては苦い思い出しかない。しかし、あの忌まわしい離宮とは違い、ここでの暮らしは苦痛ではなかった。

食堂に辿《たど》り着き、芸術品のような扉をくぐってクラウディアは中へ入る。

「うわぁ～！　母様、すごく綺麗です!!」

大きなテーブルに座って待っていたオースティンは、クラウディアの姿を見ると目を輝かせて椅子から立ち上がり駆け寄ってくる。そのままぎゅっとクラウディアに抱きついた。

「びっくりしました！　まるで物語に出てくるお姫様みたいですっ！」

精一杯の褒め言葉だったのかもしれないが、オースティンの無邪気な言葉がクラウディアの心に刺さり、ほんのり苦い気持ちになってしまう。

クラウディアは自嘲気味に笑いゆっくり膝を折ると、オースティンと目線を合わせた。

「オースティン。母様はお姫様ではないので、本当のお姫様に失礼にあたってしまいます。公の場でそういった言葉は控えましょうね？」

「あ……ごめんなさい。でも、母様がすごく綺麗だったから……」

「あなたが褒めてくれるのはとても嬉しいです。ありがとう、オースティン」

しょぼくれていたオースティンだったが、クラウディアが微笑むと安心したように笑顔を見せた。

オースティンは心からそう思ったから綺麗だと言ってくれる。そこに打算や虚偽などなく純粋な言葉だと信じられた。

それがクラウディアには嬉しかった。

これまで一度も王女や姫などとして扱われたことはなかった。

王女というのはあくまで呼び名であり、自分にとってただの名称にしか過ぎなかった。

「まだか？　話すなら席に着いてから話せ」

静かに放たれた言葉が食堂に響く。

「あ……お待たせして申し訳ございません。さぁ、オースティン。席に着きましょう」

クラウディアはゆっくりと立ち上がり、オースティンにも席に着くように促した。

オースティンはジークフリートと反りが合わないようで、席に座るまでの間、ジークフリートを睨んでいた。

「あいつも……僕と同じこと、思ってる……」

隣に座り、ぼそっと呟いたオースティンの言葉はクラウディアには聞こえていなかった。


夕食の席は、終始無言だった。

オースティンもジークフリートも、お互い話し合うことはなく、見向きもしない。

クラウディアは居心地の悪さを感じていたが、以前食べた料理と同じくとても美味しく素晴らしかったため、幸せを噛みしめながら食べていた。

すると、ふと視線を感じた。

隣にいるオースティンかとも思ったが、オースティンはナイフとフォークで懸命にミニトマトと格闘中。ならば、とクラウディアが顔を上げると、ジークフリートがじっとこちらを見つめていた。

気のせいかと思ったが、視線がしっかりと合うと、途端に落ち着かなくなる。

(なぜ、私を？　そういえば、昔もお土産でお菓子を何度かいただいて、私が食べているのをじっと眺めてらっしゃったわ……)

まだ王宮の侍女として働きジークフリートにお茶を出していた時、自分はいらないからと食べ物をよく与えてもらっていた。

当時のクラウディアは食べ物を貰えることが嬉しかった。ジークフリートに与えられるものを全て喜んで受け取り、何も気にせず幸せな気持ちで食べていた。

その時を思い出して、恥ずかしさがやってきた。

あの頃は本当に飢えていたし育ち盛りでもあったため、食べるものならなんでも喜んでもらっていた。

それと同時に、王族なのに自分の口には入ることのない、王宮で用意される食事やお菓子を眺めては悲しい気持ちになったものだ。


「オースティン坊っちゃま、そろそろお時間でございます」

沈黙の夕食が無事に終わると、スティーブンがオースティンに声をかけている。

「オースティン？」

立ち上がったオースティンがクラウディアへ向かい、にっこり微笑んで挨拶をした。

「母様。勉強の時間ですので、これで失礼します」

「勉強？　あなたが？」

「はい。では」

礼儀正しく出ていってしまったオースティンを見て、クラウディアは愕然とした。そして同様に食事を終えたジークフリートへ視線を移した。

「あの、公爵様……オースティンに勉強を教えているのですか？」

「あぁ、そうだ」

「それはなんのために……？」

「なんの？　アサラト公爵家の後継者として教育するのは当然のことだ」

「こ、後継者……!?」

まだ食事の席にいたジークフリートの言葉に、クラウディアは強い衝撃を受ける。

「お待ちください！　なぜオースティンが、この公爵家の後継者に!?　あの子は！」

「あれほどアサラトの血を色濃く受け継ぐ者はいない。アレは長年公爵家が追い求めていた者だ」

「どういう、ことですか……？」

ジークフリートの言っている意味が、クラウディアには理解できない。

しかしジークフリートは席に座ったまま淡々と説明を続けた。

「王家とアサラト公爵家は、どちらの特性も兼ね備えた者をこの世に誕生させるために、何代にもわたり交配を続けていた。数百年に及ぶ歴史の中で一度も実現できず、どちらかの血が濃くなりすぎて、片方の特性しかない者しか生まれなかった」

ジークフリートはそこで一度、水を飲んだ。

「だが、オースティンは王家と公爵家の血が見事に混じり合っていて、さらにどちらの特性をもしっかりと兼ね備えている。……これは奇跡だ」

「なっ――！」

クラウディアはショックを隠しきれないでいた。

オースティンがアサラト公爵家の後継者としてこれから暮らしていくのであれば、自分はどうなるのだろう。

罪人であり身分を剥奪されたクラウディアは、何も持っていない。もしオースティンが奪われたら、また自分は一人になってしまう。

（私は、どうすればいいの……？　ジークフリート様に殺されてしまうからオースティンをお願いしたのに、このまま生かされてオースティンと引き離されてしまったら？　私は……また生きる意味をなくしてしまう……）

クラウディアの顔色が一気に青褪《あおざ》める。

頭が真っ白になり、足元が崩れ落ちていくような感覚に襲われた。

……やはり自分は幸せとはほど遠い場所にいる。何もかも奪われ惨めに朽ちていく運命なのだ、と。

急に黙り込んだクラウディアを不思議そうに見ながら、ジークフリートは話を続けた。

「近い内に領地へ赴き、先代にも報告する予定だ。療養中だが何よりの吉報となるだろう。数日中には発つ予定だ」

どこか誇らしげに見えるジークフリートだが、今のクラウディアは彼の言葉がうまく理解できない。

（私はもう、必要ないと……数日中には出て行けと、仰っているのですね……）

ジークフリートはもっとはっきり物事を言う人物だと、クラウディアは思っていた。こんな回りくどい言い方をするくらいなら、出ていけと言われたほうがよほど割り切れる。クラウディアは絶望の淵にいた。

「ラス？　聞いているのか？」

「……わかり、ました。準備を……しておきます……」

ジークフリートにそう返答しながらも、ずっと下を向いてただひたすら耐えていた。

元々自分のものなど何も持ってきていない。

準備も何もする必要がない。この身一つで出ていけば済む。

その後もジークフリートは何かを話していたが、一つとして耳には入ってこなかった。

（……もう、いいわ）

クラウディアはジークフリートの言葉を遮るように立ち上がると、挨拶もせず扉から出ていく。

廊下へ出たクラウディアを見て、外で控えていたメリーが驚いたように駆け寄ってきた。

「ラス様？　どうなさいましたか？」

メリーは心配そうにクラウディアに話しかけるが、クラウディアは一言も喋らなかった。

足取りはふらつき、今にも倒れそうな勢いの彼女を、メリーは眉を顰めて追う。

「大丈夫ですか？　ラス様、顔色が……」

クラウディアは黙ったまま彼女を無視して進む。なんとかいつもの部屋までは辿《たど》り着いたが、気力を全て使い果たしたのか、ベッドへ倒れるように横たわった。

「ご気分が優れないのですか？　医者を呼んで参りましょうか？」

「……めん、なさい……一人に……して……」

困り果てた様子でただクラウディアの様子を見ていたメリー。クラウディアのあまりにか細い声が聞き取れなかったようで一瞬怪訝そうにしたが、すぐに目を瞠《みは》り一礼する。

「かしこまり、ました。もし何かありましたら、すぐにお呼びくださいね！」

小さく頷いたクラウディアを見てメリーは部屋から出た。


誰もいなくなると、クラウディアの頬を涙が幾重にも流れていった。

声を押し殺して涙を流した。ここに辿《たど》り着くまでずっと我慢していた。

（もう私は用済みで、ここにいることに意味すらないのね……。邪魔なだけならこのまま消えてしまおう）

一頻《ひとしき》り泣いて、窓の外を見た。

今日は月がとても綺麗に輝いていて、夜道がよく見えそうだった。

クラウディアはふらりと起き上がり、窓へ近づく。窓を開けると、涼しい風が通りすぎていく。

そして近くにあったカーテンやシーツを剥いで縛ると、ベランダの手摺りに括《くく》り付けて階下まで降ろし、それを伝って地面へ降り立った。

離宮にいたときに脱出していたやり方をまさかこんなところでまた使うことになるとは。

クラウディアは自嘲気味に笑んだ。

行く当てなどない。ただ何かに導かれるように屋敷の外へと出る。ちょうど交替の時間帯だったのか、見張りの騎士はおらず、門も簡単に通り抜けることができた。

裸足のままゆっくりと地面を踏みしめ、クラウディアは歩き出した。

◇◇

バンッとジークフリートの執務室の扉を勢いよくメリーが開くと、驚いたようにブライアンが闖《ちん》入者《にゅうしゃ》を見た。

「なっ、メアリ、殿⁉　……どうされたのですか？」

「お前は……ノックくらいしろ！」

ジークフリートは苛立たしげに言葉を放つ。しかしメリーはそれに臆さず、ジークフリートが座っている机の側まで詰め寄ると、声を荒らげた。

「お館様！　一体ラス様に何を話されたのですか⁉」

「何の話だ？　ラスにはちゃんと話をしたぞ」

「ですから、なんと説明されたのですか⁉　ラス様の様子がおかしすぎます！」

「メアリ殿。ラス様は一体どのようなご様子だったのですか？」

この慌てようは尋常ではない、とブライアンも察したのだろう。書類整理をしていた手を止めて、肩を大きく動かして荒く呼吸するメリーに問いかけた。

「お館様と二人で話されてからお部屋に戻る間、こちらが問いかけても一言も話されませんでした。顔色も酷く、今にも倒れそうなほど憔悴されているご様子で……部屋に戻ると同時に、一人にしてほしいと仰ったのです……」

必死にクラウディアの様子を話していくメリーに、ブライアンは首を傾げた。

「それは、たしかにおかしいですね？　ジークフリート様、ラス様に子細をきちんと説明されたのではないのですか？」

そのまま隣に座るジークフリートに尋ねた。

「説明はした」

「どういうお話を？」

「初めに、オースティンを後継者にする話をした。先代に会わせる話もな。そのときに少し様子がおかしかったが、ラスは黙って聞いていた。その後にラスを迎える話はしたが……」

ジークフリートはそこで一瞬考え込み、すぐに言葉を続けた。

「話が終わるか終わらないかのうちに席を立ち、出ていってしまった」

「ちょっとお待ちください。なぜオースティン坊っちゃんが後継者になる話を先にされたのですか？」

「……オースティンが勉強のため席を去ったとき、ラスがなぜかと問うたからそう答えただけだ」

ブライアンが片眉を上げてジークフリートへ疑問を投げかけるが、ジークフリートはさも当たり前といった様子で返す。

少し落ち着いたのか、普段の様子に戻ったメリーもジークフリートへ質問する。

「あとは何を話されましたか？」

「オースティンが公爵家で唯一の存在だと話した。その後に先代と顔合わせさせると言うと、ラスも準備をすると答えていたぞ」

その返答を聞いて、メリーはピクリと眉を吊り上げた。

ジークフリートとブライアンの困惑顔とは対照的に、メリーは少しずつ眉根を寄せて深刻そうな表情へと変わっていった。

「……これは私の勘になりますが、おそらくラス様は、オースティン坊っちゃんを公爵家に取り上げられると感じたのではないでしょうか……」

「取り上げられる、だと？」

「ラス様は自分の罪のせいで連れて来られ、お館様に罰せられると思っていたのだと思います。ですがお館様はラス様に罰を与えず、オースティン坊っちゃんを後継者に迎えると仰った。その時点でまだラス様を迎えるお話はされてないんですよね？」

「そうだ」

「だからです。ラス様はオースティン坊っちゃんを取られ、ご自分だけ元の場所へ帰されると受け取ったのかもしれません」

「なぜそうなる……私はその後、ちゃんとラスを迎える話はしたぞ」

「その話に対して、ラス様は何か仰ってましたか？」

メリーがすかさず問い詰めると、ジークフリートは少し考え、間を置いてから口を開いた。

「いや……何も言わなかった。ラスはずっと下を向いていた。私の言っていることが信じられないのかと思っていたが……」

ジークフリートの言葉を聞いて、メリーは頭を抱えた。ブライアンもメリーの内心がわかったのだろう、顔を顰めて口を開いた。

「完全に、すれ違っていますね……」

「お館様、お願いいたします！　早めにラス様の誤解を解いてあげてください！　とても、嫌な予感がします……」

焦りと不安を混ぜた表情で、メリーがジークフリートを促す。大体の物事に動じないメリーがこのように急かすのを見るのは、ジークフリートにとっては珍しかった。

そして、嫌な予感という言葉が、妙にジークフリートの不安を煽る。

たしかに思い返すと、あの時のクラウディアの様子は普通ではなかった。話を聞いているのかいないのか、黙っているだけで反応がなかったからだ。

（もし、ラスがまた、私の前からいなくなってしまったら――）

最悪な予想がジークフリートの脳裏を巡る。その瞬間、ジークフリートは椅子を後ろへ倒し、勢いよく立ち上がっていた。

立っていたメリーの脇を足早に通りすぎ、扉に向かう。

「ジークフリート様!?」

ブライアンの戸惑う姿が視界に入ったが、何か言い訳をする暇はない。

「お前はそこにいろッ!!」

私室まで戻った。

「は、はいっ……」

振り返ることもせずジークフリートはそう言うと、廊下へ出て自らの出せる限界の速さで走って
「ラスッ!!」

ジークフリートは私室の両開きの扉を勢いよく開ける。

息を切らして入ったジークフリートが彼女の名前を呼ぶが返事はない。部屋は静まり返り、ジークフリートの頬を涼しい風が通りすぎた。

ハッとしてベッドを見るがクラウディアの姿はない。

部屋を急いで見回すと、ベランダへと続く窓が開き、カーテンの隙間から涼しい風が入りこんでいたのがわかった。

一気にジークフリートは顔色を変え、最悪の事態を想定し肝を冷やした。

「……ラスッ!」

急いでベランダに出て、手摺りの向こうを見下ろした。

まず地面にクラウディアの姿がないことに安堵した。あれだけ殺してほしいと言っていたクラウディアが飛び降りたのではないか、とジークフリートはかなり焦っていた。

ひとまず胸を撫で下ろしたジークフリートが改めてベランダを見回すと、手摺りにカーテンやシーツが縛られ、地面に向かって下ろされていた。

月明かりで見た限り、着地点のあたりにクラウディアの姿はない。

「お館様、ラス様は⁉」

ジークフリートの後を追うように、遅れてメリーも走ってベランダへ入ってきた。

「ここから外へ出たようだ……！」

「ラス様がっ⁉」

「簡単に外へは出られないはずだ、急いで門兵に確認しろ‼」

「ハッ！　かしこまりました‼」

振り返ったジークフリートに命令され、メリーはすぐさまその場を離れた。

「ラスッ、なぜだッ……！」

誰もいなくなったベランダで、ジークフリートは苦い思いを吐き捨てるように呟き、すぐに部屋から出た。


「貴様ら、次の見張りが来る前に職務を終えるなど……怠慢にもほどがあるぞッ‼」

メリーがすぐに門兵へ確認を取ったが、誰もクラウディアを見た者はいなかった、と返事があった。ちょうど見張りの交替の時間で、少し席を外した隙にクラウディアは門を通過したと推測された。

ジークフリートは公爵家の騎士団を引き連れ、外へと向かう。

「母様が、いなくなったんだろ⁉　僕も、僕もっ……連れて行けよっ！」

広場で陣を組んで出発しようとしていたジークフリートに、屋敷から出てきたオースティンが息を切らして走ってきた。

「お前は屋敷で待っていろ！　事態は一刻を争うのだ！」

「だったら余計に僕を連れていってよ！　母様の音なら僕が一番よくわかる‼」

ジークフリートはギリッと歯軋りをする。

たしかにジークフリートはクラウディアとともにいた時間が少ないうえ、間隔が空きすぎている。アサラトの血を色濃く受け継ぎ、かつクラウディアと長く共にいたオースティンなら、クラウディアをすぐに見つけられるかもしれない。

ジークフリートは馬に乗りながらオースティンを見下ろす。

「足手まといになるなら、すぐにでも屋敷に帰すぞ！」

「うるさいっ！　僕は誰よりも聞こえるし、あんたよりずっと役に立つんだ！」

ジークフリートをまっすぐに見上げる、緋色の瞳。ジークフリートはその気高い赤に、圧倒されそうになる。

我が子ながら王族の一部にしか現れない能力、緋色の瞳《王者の威厳》がジークフリートを威嚇する。

「くっ……では乗れ！」

緋色の瞳から視線を逸らし、ジークフリートはオースティンへ手を伸ばし、彼を自分の前へ乗せた。

「あとへ続け！　必ずやラスを捜し出すぞ！」

「「ハッ!!」」

ジークフリートはオースティンを前に乗せたまま、公爵家の騎士団を指揮する。

散り散りになって近くの街など心当たりを虱潰《しらみつぶ》しに捜索にあたったが、クラウディアを見つけることはできなかった。

クラウディアの体力を考えると、そう遠くへは行けないはずだというのに。

「ラスッ……どこだっ！」

人の住むところはすでに捜索を終え、残るは人里離れたところのみ。ジークフリートはわずかな可能性に賭け、公爵邸の裏にある山へ馬を走らせた。

前に乗りながらオースティンは耳に手を当てて、遠くの音を聞き逃さないようよく澄ませている。

「……どうだ！」

「――いる。母様は、生きてる！　何かと一緒にいる音が聴こえる。あの山の頂上だっ!!」

オースティンは耳に手をやりながら、山の頂上を指し示す。ジークフリートも馬を走らせながら、自身の能力をそちらへ向けた。

たしかにクラウディアらしき息遣いがわずかに聴こえる。

「よくやったぞ、オースティン！」

「……べ、別に、あんたのためじゃないし……」

ジークフリートは目の前のオースティンの頭をクシャッと撫でる。しかしオースティンは気恥ずかしくなったのか、ふいっと顔を横へ向けた。

「よしっ、急ぐぞ！」

ジークフリートは後方の騎士団に指示を出し、急ぎ頂上へ馬を走らせた。

◇◇

何も考えず歩き出したクラウディアは、公爵家の裏にある山の中を歩いていた。このような夜更けに山中に入るなど自殺行為なのだが、今のクラウディアにはどうでもよかった。

（もう私には何も残っていない。もう誰も私を必要としない……）

木々が立ち並ぶ山道をしばらく歩くと、目の前に開けた草原が現れた。

『グルル……』

ふいに周りから獣の声がする。

声のほうを見ると、大きな狼がいた。真っ白な毛並みが月明かりで輝いて白銀に光っている。

その色がジークフリートの髪色によく似ているようにふと思い立って、クラウディアは皮肉げに笑った。

一番先に思い浮かべたのが、オースティンではなくジークフリートだったからだ。

（ずっと、食べるものに困っていた私は、最期は食べられて終わるのね……。私に、相応《ふさわ》しい最期だわ）

歩みを止めて、唸り声をあげる狼と向き合う。

（これで、ようやく終わるのね……もう、疲れた……）

生きることに、考えることに、自分の存在意義を見出すことに――

クラウディアは、ふぅと息を吐いた。

狼がにじり寄り間合いを詰めてきたが、クラウディアはじっとその様子を眺め、微動だにしなかった。

狼が走り出し、クラウディアに向かってくる。

タッと大地を蹴り、大きく弧を描いてクラウディアに飛びかかる。

（さよなら、オースティン。そして、ジークフリート様……）

襲い掛かってくる狼。これが最期に見る光景なのか、とクラウディアはそれを目に焼きつける。

牙を剥き自分に飛びかかる狼を、暗闇に煌《きら》めく緋色の瞳でまっすぐ見ていた。

ざっと土を蹴る音がして――何も起こらなかった。

『グゥ……』

狼の唸り声が再び聞こえ、クラウディアは目を開いた。

なぜか、狼はクラウディアの足に身体を擦りつけ、クラウディアを見上げていた。

（なぜ……？）

食われるかと思っていたが、狼はまるで服従しているようにクラウディアの身体に寄り添い、そしてひれ伏している。

拍子抜けしてしまい、クラウディアは膝を地面について狼の頭を撫でる。狼は目を閉じて大人しく撫でられたままだった。

初めて触るフサフサの毛の感触が、心地好い。

本来人間に懐くはずがない野生の狼。なぜクラウディアを襲わず、こうして寄り添うのかはわからない。だが、荒《すさ》んでいた心に温かい気持ちが流れこんできた。

またポロポロと涙が流れる。

それを狼は、慰めるようにベロベロと舐める。

狼が一度大きく吠えると、周りからたくさんの狼たちが現れた。だが、やはりクラウディアを攻撃してはこない。

この大きな狼がこの群れの長なのだろう、狼たちはクラウディアと真っ白な狼の周りで佇んでいる。

体の気怠《けだる》さがピークに達したクラウディアは、伏せる狼に抱きついて目を閉じた。

（……温かい）

心と身体の疲弊が激しく、抱きついている狼の毛並みが気持ち良くて、目を閉じたままクラウディアは眠りについた。


『グルルルッ……』

「……ん？　……な、に？」

枕代わりにしていた狼の声で意識が覚醒し、クラウディアは目を擦った。

こちらに迫る蹄《ひづめ》の音が聞こえる。

それに狼たちが警戒しているのか、唸り声を上げていた。

そしてそれに対面して、草原の離れた場所に、ジークフリート率いるアサラト公爵家の騎士団がずらりと並んでいる。

狼たちはそれに威嚇するように毛を逆立て、暗闇に目を光らせていた。

「ラス‼　無事かッ‼」

「母様ぁーー！　ご無事ですか⁉」

ジークフリートとオースティンが共に馬に乗っている姿が視界に入り、驚きを隠せない。

「ジークフリート様？　……それに、オースティン……？」

未だに状況が把握できず、混乱を極める。

クラウディアの呟きとともに、二人は弾かれたようにこちらを見る。そして驚愕の表情を浮かべた。

「ラス！　なぜ、狼の群れと！」

『グルルルッ……！』

『ガウッ‼』

野生の狼など人を食い田畑を荒らすことから、人にとっては害獣でしかない。しかし狼たちはクラウディアには好意的で後ろに庇い、牙を剥いて騎士団を威嚇している。

ジークフリートは群れの中で立ち上がったクラウディアを見つめていた。

まだ頭が混乱しているクラウディアは、状況を把握できないまま目の前の光景を呆然と見ていた。

馬から降り剣を携えたジークフリートとオースティンが、クラウディアに向き合う。

片手に剣を携えたジークフリートを見て、クラウディアはハッと意識を覚醒させた。

（このままでは、ジークフリート様たちがこの子たちを攻撃するのかもしれない……！）

クラウディアは威嚇している群れの前まで歩くと、両手を広げて狼たちを庇った。

「おやめくださいっ！　この子たちは私を守ってくれました。傷つけるような真似は、私が許しません！」

強い口調で言い放ち、緋色の瞳でジークフリートを睨みつける。

馬から降り剣を構えていたメリーはじめ騎士団の面々は、圧倒されるかのようにそのクラウディアの様子を見つめ、一歩も動けない。

ジークフリートも目を瞠《みは》っていたが、やがて剣を収めると騎士団に向かって手を挙げ、剣を下ろすように指示を出した。

「母様ぁーーっ！」

緊張が和らいだのと同時に、オースティンが手を広げているクラウディアのもとへ走り寄る。

そのままクラウディアに抱きつき、涙を流しながらクラウディアを何度も何度も呼んだ。

「かあ……さまっ、ご無事で……よかった」

「オースティン……」

「母様っ、……かあ、さまぁ……!!」

「……ごめんなさい、オースティン。心配を、かけてしまいましたね……」

自分など、もういらない存在かと思っていた。

オースティンは公爵家へ来てから急に大人びてしまい、クラウディアの手を離れたのかと寂しさを感じていた。

公爵家の後継者としてこれから過ごすのなら、必要なのは自分ではなく、より頭脳明晰な教育係なのではないかと。

しかしオースティンの様子を見たら、それは違ったのかもしれない、と思い始めていた。

「僕は……ずっと、母様といます。母様がいないと、とても、悲しいです！」

「オースティン。ですが、母は……あそこにいてはいけないのです。貴方にとって私は……」

「ラスッ！」

ジークフリートの叫ぶ声が聞こえて、クラウディアは思わず逃げ腰になる。

だがオースティンが抱きついていたので、逃げることはできなかった。

駆け寄ってくるジークフリートは鋭い視線を向けていて、怒られるかもしれない、とクラウディアは本能的にぎゅっと目を瞑った。

しかし予想に反して、クラウディアの身体をぎゅっと優しい何かが包み込んだ。

「ラス、よかった！　……胸が、張り裂けるかと思ったぞ！」

思わず目を見開く。搾り出されるような言葉のあと、ジークフリートはオースティンごとクラウディアを力強く抱きしめていたのだ。

「………え？」

クラウディアは抱きしめられたまま困惑する。

緋色の目を大きく開いて、月明かりが照らす草原の風景を見ていた。

（な、に……？　何が、起こっているの？）

クラウディアを抱きしめたジークフリートの身体は弱々しく震えていた。これは決して怒りではなく、恐怖や怯えといった感情だということは、クラウディアでも読み取れた。

でもそれがなぜなのか、見当がつかない。

ただ抱きしめられるがまま呆然と立ち尽くし、どうすることもできずにいた。

呆然としながらクラウディアはジークフリートの向こうを見遣る。そこにはメリーや公爵家の騎士団が、眦《まなじり》に涙を湛《たた》えながら三人の様子を見ていた。

（脱走した私を捕まえるために、騎士団の方たちだけじゃなくてオースティンまで連れ出して？けれど、先ほどのジークフリート様の言葉はどういう……？）

クラウディアは思考に耽るが、物事が自分の考えの遥か上をいっており、思考が定まらない。

その時、眼がズキッと痛む。それからじんわりと鈍い頭痛が彼女を襲いはじめた。

足に力が入らなくなり、ジークフリートの腕の中でガクッと倒れこむ。

「ラス!?」

「母様っ！」

ジークフリートとオースティンの声が次第に遠のく。視界の端には狼たちが背を向けて山へと帰っていくのが見える。
（待って……まだ、お礼もして……ない……の、に…………）
クラウディアの視界はそこで暗転し、そのまま意識を失った。

第六章　重なり合う想い

クラウディアが目を覚ましたのは、それから丸一日経ったあとだった。

度重なるストレスと疲労に加え、山道を裸足で歩いていたため足は傷だらけで包帯が巻かれていた。大したこともないのに重病人のような扱いでクラウディアはその状態で、二日ほどベッドから出られなかった。

「母様、大丈夫ですか？」

「えぇ。もう平気ですよ」

オースティンもクラウディアから離れず、ずっと側にいてくれた。

周りの使用人たちもクラウディアの無事を涙ながらに喜び、クラウディアはベッドでいたたまれない気持ちになった。

数日後、クラウディアの体調を診察するために医者が訪れていた。

「うむ、経過は良好ですな。これでしたら外を歩いても大丈夫でしょう。ただし、ご無理は禁物です。ラス様はお体の線も細く、体力も月並みですから、もう少したくさんお食べになり、体力をつけることをお勧めいたします」

ベッドの上で座っているクラウディアは、医者に穏やかな口調で注意されるが、これまでずっと食べるものに困っていたクラウディアは苦笑するしかなかった。

体力はまだあるほうだが、食べ物に関してはどうにもならなかったからだ。

「……ありがとうございます」

「これは年寄りの助言ですが……もう少し肩の力を抜くこともお勧めしますよ。悩みは溜めこまず、時にはどなたかを頼ることも必要です。……では失礼いたします」

ペコリと一礼して医者が出ていく。

ベッドに腰かけながら、医者に言われた言葉を思い返した。

（誰かを……頼る……？　……そんな人、私の周りにはいなかったわ……）

医者の言うことはもっともだとは思っていた。

だが、それができない人間が世の中にはたくさんいるのも、クラウディアは強く知っていた。

「ラス様、どうかなさいましたか？　大丈夫ですか？」

「いえ、何でも……ないわ」

またどこか思い詰めたような表情をしていたクラウディアを見かねて、メリーが声をかけてくる。

クラウディアは誤魔化すように小さく笑いながら首を横に振り、窓の外を見た。

目が覚めてからジークフリートに会っていない。

色々なことを処理するのに忙しいとメリーは取り繕うように言っていたが、クラウディアにとってはどうでもよかった。

むしろ今までが良い待遇だった。

もともと自分は罪人で、牢に閉じ込められてもおかしくないのだが、逃げた分際でこうして手厚く看護までしてもらっている。

逃げ出す必要もなく、元の場所に戻されてから人生を閉じるべきだったのに、選択を間違えてしまった。

「私から言えることが少ないのがとてももどかしく、ラス様の心の負担を取り除くことができず、申し訳ございません」

物憂げに窓の外を見ていたクラウディアに、メリーが何を思ったのか謝罪している。床に膝をついてクラウディアを見上げながら、メリーは言葉を続けた。

「ですが、ここにいる者たちはラス様の味方です。誰一人として悪意のある者はおりません！　お館様も、ラス様をとても心配されておりました」

「貴女が謝る必要はないわ。公爵家の方々も良くしてくれているし……、これでオースティンを安心して任せられるわ」

次にジークフリートと対面するのがきっと最後。これだけ迷惑をかけたのだから、今度こそ斬り捨てられるかもしれない。

もう、どちらでもいい。どのみち、自分の運命は決まっている。

そう思いメリーから視線を外そうとしたが、メリーがぎゅっと脚に縋ってくるものだから、びっくりしてしまった。

「メ、メリー……？」

「お願いいたします、ラス様！　お館様とじっくり話し合ってくださいませんか⁉　あの日のことはすべて誤解なのです‼」

膝をつきながらクラウディアの脚に縋るメリーは、必死な形相で訴えかける。

「……誤解？」

「はい！　私が軽々しくお話することはできませんが、どうかお願いいたします‼」

そしてクラウディアの脚から離れると頭を床に擦り付け、クラウディアに懇願した。クラウディアもベッドの縁に寄り、慌ててメリーの行動を止めた。

「やめて、メリーっ！　貴女は何も悪くないのよ？　頭を上げてちょうだい！」

「いいえ、この事態は私のせいでもあります！　この首をかけてでも、責任を取る必要がございます‼」

「わかったわ！　ちゃんと公爵様とお話しするから、もうやめてっ」

どうしても顔を上げず、自分の命までかけると言うメリーにクラウディアは困惑する。

しかしふと気づいた。

何か問題を起こしたときに叱責や罰を受けるのは決まって使用人なのだ。クラウディアの世話を担当していたメリーがこうやって責任を感じるのは当然のこと。

長い間王宮から離れていて、こんなことも忘れていた。

「――本当ですか？」

「えぇ。何があっても貴女だけは守るわ。メリーは、私にとてもよくしてくれたもの……」

ようやく頭を上げたメリーは、目に涙を湛《たた》えている。

クラウディアは「ごめんなさいね」と言い、そのまま床に膝をつけるメリーを優しく抱きしめた。

◇◇

医者からもお墨付きをもらいようやく床離れしたクラウディアは、散歩がてら屋敷内を散策していた。

鈍くなった体の感覚を取り戻すようにゆっくり公爵邸を歩いていると、外の広場で剣術の稽古をしているオースティンの姿が見えた。

(――え？)

なんと、そのオースティンに剣術を教えていたのはジークフリートだったのだ。

「オースティン、脇が甘い。重心を保たないとすぐにやられるぞ」

「うぅ……くっそぉ……もう一回！」

「そんな姿勢じゃ、何度やっても同じだ」

「う、うるさいなぁっ！」

木刀を持ち、汗を流して、懸命にジークフリートへ立ち向かっている。

(どうして、オースティンが……ジークフリート様と？)

オースティンはいつになく口調が乱暴だったが、ジークフリートに果敢に何度も立ち向かっていた。

あまりに意外な組み合わせを前に驚いてしまい、クラウディアは足を止めてそれを見つめる。その横でメリーが嬉しそうに笑顔で教えてくれた。

「実は、オースティン坊っちゃんがお館様に教えてほしいと頼まれたのですよ！」

「オースティンが⁉」

「えぇ。お館様も初めは驚かれておりましたが、忙しい合間を縫って、ああしてご指導されているのです」

「そう、なの？」

（あれだけお互いに気が合わなそうだったのに……）

信じられない思いで見ていたが、クラウディアには二人の姿が眩しく映った。

（オースティンにどんな心境の変化があったか、わからないけれど……こうしているとやはり二人は親子なのね。ジークフリート様も王国騎士団の副官として、お父上様とよく稽古されていたわ）

侍女として王宮で働いていたときに、ジークフリートが剣を振るう姿はよく目にしていた。当時のそれと、今目の前で繰り広げられる光景が重なる。

その当時からジークフリートは王宮の侍女たちからの憧れの存在で、王宮の広間で訓練している姿を陰ながら皆で見ていたのだ。

過ぎた昔を思い出し、クラウディアは苦笑する。

とその時、オースティンと目が合った。

「あっ、母様ぁー！」

「オースティン……」

オースティンがクラウディアに向かって笑顔で手を振っている。クラウディアも控えめにオースティンに手を振り返した。

「オースティン、剣を持っている最中によそ見をするな」

ジークフリートもクラウディアをチラッと見たが、すぐにオースティンに視線を戻し、注意をしている。

「べ、別にいいだろう！　せっかく母様が見にきてるのにっ！」

「やる気がないのなら、私は仕事へ戻るぞ」

「うっ……わ、わかったよ！」

オースティンは木でできた剣を持ち直して、慌ててジークフリートに向かって構えた。

（やっぱり、出会ったときとは全く違う……）

二人の関係性の変化に驚いたが、それでも嬉しさがクラウディアの胸の中を占める。その光景を脳裏に焼き付けるように、クラウディアはしばらく立ち止まって見ていた。

（なんだか、安心したわ。オースティンのことが唯一気掛かりだったけれど……ジークフリート様と仲良くできるなら、思い残すことはもうないわ）

自分の心残りがなくなった嬉しさと感動を覚え、自然とクラウディアの瞳から涙があふれて頬を伝う。

「ラス様？　どうされましたか？」

近くで控えていたメリーが、困惑したようにポケットからハンカチを出しクラウディアに渡す。

ハンカチを受け取り、涙を拭きながらクラウディアはお礼を言った。

「……ありがとう、メリー。迷惑かけてごめんなさい」

「ご迷惑など、一つもございません。……ラス様、何かお悩みのようでしたら、私でよければお話しください。お館様に告げるような真似はしませんから」

メリーは俯き、前で組んだ両手を握りしめていた。

真剣な表情でそう言うメリーに、クラウディアは嬉しく思った。

「なるほど。それは反逆行為と見なしていいのか、メアリよ」

突然、背後からかけられた声にクラウディアはハッと振り返る。

そこには、先ほどまで剣術を教えていたジークフリートが腕を組んで立っていた。

いつの間に近くまで来ていたのか気づかなかったが、オースティンはいなくなり、ジークフリートだけが残っていた。

「お、お館様……」

ジークフリートはメリーを睨んでいて、メリーは怯《ひる》むように後退《あとずさ》りした。

クラウディアもジークフリートのまとう冷ややかな雰囲気に呑まれ恐怖を感じたが、ずっと自分を励ましてくれたメリーを庇うため、ジークフリートの視線を遮りメリーの前へと立った。

「誤解です。メリーは私を心配して言ってくれているだけです。それをひとえに反逆と見做すのは、あまりに早計では？」

「ラス様っ……」

バッと片手を広げ、震える身体でジークフリートと対峙する。守ると約束した以上、嘘はつきたくなかった。

「私に威勢よく挑むくらいなら、身体は回復したようだな」

ジークフリートは、今度はジッとクラウディアを見つめていたが、やがてクラウディアの前まで歩き近づいてきた。後退《あとずさ》りしたい思いを何とか押し留めていると、ふいに大きな手がクラウディアの顎を掴む。

「――あっ！」

無理やり上を向かされると、ジークフリートは顔を近づけ間近で囁いた。

「ラス、そなたはすでに私のものだ。勝手に逃げることなど許さん」

その言葉を理解した瞬間、クラウディアの中から怒りが湧き上がり、目の前のジークフリートを思い切り睨みつけた。

「私は……貴方様のものではありません！」

「ふっ……そこまで反抗できるのなら、もう大丈夫か。そなたが簡単に私のもとから離れられないよう躾ける必要がありそうだ」

「何をっ……！」

冷然としながらも微かに微笑むジークフリートが怖くなり、今度こそ逃げようと後退《あとずさ》るが、その前にジークフリートに軽々と抱き上げられた。

「やっ、離してくださいっ」

「そなたが従順なら、酷いことはしない。従順ならな……」

「んッ……！」

降ろしてもらおうと暴れていたクラウディアの耳元に彼の唇が寄せられ、擽《くすぐ》るように優しく囁く。低く艶《つや》めいた声に、思わずゾクリと身体が震えた。

このまま反抗的にしていれば、またあの甘く酷い罰を与えると言われているようで怖くなる。

「お館様！　ラス様は病み上がりですので、あまりご無理をさせるようなことは！」

「メアリ。お前は戻っていろ」

ジークフリートを諫めるメリーだが、有無を言わせぬ低い声で言われるとサッと体を引いた。

メリーが頭を下げる中、クラウディアはジークフリートに抱き上げられたまま広場から屋敷の中へ連れていかれた。

「公爵様……自分で歩けますから、下ろしてくださいませんか？」

公爵家の広間からジークフリートの私室までは、結構な距離がある。

この状態のまま大人しく運ばれることが、クラウディアにはどうしても落ち着かない。いけないと思いながらも、ドキドキする心を抑えられないでいた。

「あの公爵様……下ろしてくださいませんか」

長い廊下を抜け、階段に差しかかっても下ろそうとしない。そのままジークフリートは息も切らさず階段を上る。淡々と歩く様子からは、クラウディアを抱き上げているという負担は感じられなかった。

痺れを切らし、クラウディアはもう一度同じ台詞を繰り返した。

しかしジークフリートはクラウディアを下ろさなかった。そして抱き上げたクラウディアをじっと見つめ、短く言った。

「名前で呼べ」

「な、名前ですか？」

「爵位で呼ばれるのは好かん。ちゃんと名前で呼べ」

抱えられたまま至近距離で見つめられ、さらに胸の鼓動が忙しなくなる。

たしかに昔は名前で呼んでいた。普通ならば貴族でも許された者しか名を呼ぶことはできない。あの頃は何も知らず、今思えばクラウディアはジークフリートにかなり不遜な態度を取っていたのだ。

だが、それが許されたのはあの頃だからだ。

今の自分はもう子供でもなければ王族でもない、ただの一庶民だ。

（私が名を呼んだところで、変わるものは何もないのに……）

「ラス」

催促するように偽名を呼ばれ、どうしてそんなことを望むのかと疑問に思う。

「――では、お名前でお呼びすれば、メリーを罰しないでいただけますか？」

顔を見ながらでは言えないので、視線をジークフリートの胸元に向けて話した。

こんなもの駆け引きにもなりはしない。

一蹴されるとわかっていることをわざわざ言葉にするのも馬鹿馬鹿しいが、クラウディアにはそれしか取り引きできる材料がなかった。

階段を登り切ると、黙っていたジークフリートが口を開いた。

「そなたは、そんな簡単なことで名前を呼ぶのだな」

すぐ近くで言われた言葉の意味がわからず、思わず視線を上げてジークフリートの顔を見た。

「そんなことでいいのなら、いくらでもそなたの好きにするといい。メアリは元々、そなたに付けた侍女だ」

予想とは大きくかけ離れた返答が信じられず、驚いたままジークフリートを凝視してしまう。

あの堅物のジークフリートが、クラウディアの意見を受け入れ譲歩してくれた。

「なんだ、その顔は？」

「本当によろしいのですか？」

「よいと言っている。嘘は言わん」

「はい。ありがとう、ございます……」

自分の意見を受け入れてもらえた嬉しさが、クラウディアの心を満たした。

◇◇

ジークフリートがクラウディアを抱えたままスタスタ歩いていると、ジークフリートの私室が見えてきた。今ではジークフリートの私室というより、クラウディアの部屋のようになってしまっていた。

扉の前にスティーブンが待ち構えており、ジークフリートとクラウディアを見て微笑んでいた。

「和解されたようで何よりでございます。用意は整っておりますので、どうぞごゆっくりお楽しみください」

クラウディアはなんのことを言われているのかわからず、疑問符を浮かべたままスティーブンを見ていた。

スティーブンは取っ手に手をかけ、ゆっくりと扉を開く。ジークフリートは頷くだけで返事はせず、開かれた扉に向かってまっすぐ歩く。

「わぁ……！　……すごいっ！」

応接テーブルに見たこともないような美味しそうなお菓子が所狭しと広げられていて、思わず感嘆の声が漏れた。

ケーキなど庶民の口には滅多に入らない。王宮にいたときですらジークフリートからもらって食べた記憶しかない。

そんな贅沢品がテーブルを埋め尽くすほどたくさん並べられていた。

テーブルの前に置いてあるソファへとジークフリートが移動し、その状態のまま腰を下ろした。

抱えられたまま腰を下ろされると、自動的にクラウディアがジークフリートの膝の上へ座る形になってしまう。

「え？　あ、あのっ……自分で座れます！」

「そなたはまだ病み上がりなのだろう？　私が食べさせてやろう」

ジークフリートはからかう訳でもなく、表情は至って真剣で、クラウディアは膝の上でかしこまりながら返答に困ってしまった。

「……あ、いえ、もう大丈夫です。公爵様の手を煩わせるような真似はいたしませんわ」

遠慮して俯きながら断りを入れるが、そんなことでジークフリートは引き下がらなかった。

添えられたフォークを手に取り、綺麗に並べられたケーキの一欠片《かけら》を掬《すく》い、クラウディアの口元に突きつけた。

「名を呼べと言ったはずだ」

「えっ!?」

怒られているわけではないが、睨まれたことに畏怖すると同時に、口元に突きつけられたケーキに驚き、目を開いてジークフリートを見る。

「食べろ。……そなたのために用意した」

ジークフリートが一瞬視線をずらし、またクラウディアを見た。

微妙な変化だが、クラウディアはジークフリートの心の機微を垣間見たような気がした。

散々悩んだが控えめに口を開け、口元のケーキをパクリと食べた。

餌付けのような行為を恥ずかしく思っていたが、すぐに口の中に広がった、今まで食べたことのない甘さと美味しさに恥ずかしさは吹き飛び、思わず口元を押さえてしまった。

「美味いか？」

クラウディアはまだ口に入れ咀嚼していたが、ジークフリートを見てコクコクと頷いた。

ゴクリと飲みこむと、またジークフリートが一口分をフォークで切り分け、クラウディアの口へと運ぶ。

そこでやっと自分の状況を再認識して恥ずかしさで顔を赤らめたクラウディアは、ジークフリートを見つめて消え入りそうなほど小さい声を出した。

「あの……自分で、食べられます……」

「遠慮する必要などない」

「で、ですが……」

「いいから、口を開けろ」

どうしても引いてもらえず、また遠慮がちに口を開いた。

今度も口に広がる極上の甘さに、自然と頬が緩んでしまう。

「美味しい……」

無意識にポツリと出た本音をジークフリートが聞き逃すわけもなく、無心で食べているクラウディアを、目を細めて眺めていた。

ケーキはどれを食べても美味しく、ジークフリートの膝の上で食べさせてもらっていること以外は満足だった。

「あの、公爵……ジークフリート様は……召し上がらないのですか？」

改めて名前で呼ぶことに抵抗と恥じらいを覚えるが、約束したのだから守らなくてはならない。

自分ばかりが食べていて申し訳なく思い、クラウディアは控えめに聞いてみることにした。

が、ジークフリートはケーキをフォークで切り分けながら、淡々と言った。

「甘いものは好かん」

「……そう、ですか」

たしかにジークフリートは昔から甘いものを好んではいなかったと、クラウディアは記憶している。だからこそクラウディアに土産物の菓子や食べ物を与えていた。

「――だが、そうだな……」

ジークフリートは何を思ったのか、持っていたフォークを置きクラウディアの顎を掬《すく》った。

「んッ⁉」

そして突然唇を奪われた。

ジークフリートの熱い舌がクラウディアの口腔へ入っていき、舌を絡めるように舐《ねぶ》る。

とっさのことに訳がわからず、ジークフリートの胸に手を当てた状態で、されるがままじっと与えられる甘い感覚を受け入れていた。

「んぅッ……ん……ふっ……！」

一頻《ひとしき》り堪能したのか、ジークフリートは唇を離す。

はぁ……と吐息をもらし薄っすら開けた視界の先には、ジークフリートが妖艶に微笑んでいた。

「こうして味わうのならば、甘いものも悪くはないな……」

クラウディアの濡れた唇をジークフリートが舌でぺろりと舐める。クラウディアは今度こそ、熟れたトマトのように顔を真っ赤に染めた。

「なっ……！」

バクバクと鼓動が脈打つ。

吐息が感じられるほど間近で見つめられ、直視できずにぎゅっと目を閉じた。再び重なる唇がいつもより優しく感じられて、羞恥に震える。

ジークフリートらしからぬ甘いやりとりに動揺し、考えがまとまらない。

「んぁ……はっ……」

――コンコン。

水音が頭に響く中、ふいに扉からノックが聞こえた。

だがジークフリートはまだクラウディアの唇を堪能しており、聞こえているはずだが返事すらしない。相手もしばらくしてまたノックをしたようだ。

「あの……、お呼びの、ようです……よ？」

甘やかな雰囲気だったもののどうしても気になってしまい、クラウディアは唇が離れた隙にドキドキしながらジークフリートへ声をかけた。

「気にするな。大した用事ではない」

ジークフリートはそう言うが、あれだけノックが続くと急な用ではないのかとなんだか落ち着かない。クラウディアは眉尻を下げて困ったようにジークフリートを見た。

ジークフリートは短く息を吐き、クラウディアを持ち上げ膝から下ろすと、隣のソファへと座らせた。ジークフリートは無言でテーブルの上のケーキを何個か皿へと移し、クラウディアの前へ差し出した。

「食べていろ」

「はいっ。ありがとう……ございます！」

クラウディアがお礼を言うと、ジークフリートは微かに笑んで、扉のほうへと歩いていった。どうやらノックしていたのはブライアンのようで、ジークフリートはそのまま扉の向こうへ消えていった。

ジークフリートが出ていくのを確認して、クラウディアは「はぁぁ……」と長く息を吐き出した。まだ胸の鼓動が速くなる。

抱かれることよりも、こうした触れ合いにどうしても慣れることができないのだ。

先ほどの甘いやりとりを思い出し、顔が熱くなる。

薄れていたはずの昔の感情が次第に戻りつつあった。

不必要なその思いを振り払うように、クラウディアは受け取ったケーキを一口食べた。

甘くてしっとりして美味しい。それからまたフォークを動かし、口に運んでいく。

(ジークフリート様は何をお考えなのかしら？　なぜ、出ていく人間にこんなことを……)

そう考えながらも、目の前の煌《きら》びやかな宝石のようなお菓子に目を奪われる。

(どんな理由であれ、せっかく用意してもらったのだから食べましょう。残すのはもったいないわ)

クラウディアはそう考え直し、黙々と食べ出した。

ジークフリートがいないと緊張せずに食も進んだ。これで最後だからと、皿に次々とケーキを少しずつ取り、テーブルに載っていたケーキをすべて口に入れた。

それだけでお腹がいっぱいになる。

(とても美味しかった……オースティンにも食べさせてあげたいわ。滅多に食べられなかったけれど、あの子は甘いものが大好きだから……)

扉のほうへと視線を向けるが、ジークフリートはまだ戻って来ない。

テーブルにセットされていたティーポットからお茶をカップに淹《い》れて飲む。

温《ぬる》くなってしまったお茶だが、それでも甘かった口の中をスッキリとさせてくれた。

(もしかして、私をいつ元の場所に戻すか話しているのかしら？　覚悟はできているから、今すぐと言われても、驚きはしないのだけど)

注いだカップの中のお茶に自分の顔が映りこみ、ゆらゆらと揺れている。まるでクラウディアの不安げな感情を映しているようだった。

クラウディアがオースティンのもとを離れれば、もうクラウディアにとって生きる意味がない。

それほどクラウディアの人生にはオースティンがすべてだった。

(私の役割もようやく終わるのね。ジークフリート様とオースティンも、良い関係になってきているし……せめて最期は誰にも迷惑をかけないようにしないと)

最近のクラウディアはそのことばかり考えていた。

悲観的ではなく、ようやくこの意味のない生から解放されるのだと。

「――ス、ラス！」

しばらくお茶を見ながら考えこんでいると、いつの間にか戻ってきたジークフリートに声をかけられた。

「っ！　は……はいっ！」

驚きにはっと顔を上げて返事を返すと、ジークフリートが近づいてきてクラウディアの隣に座った。

「何を考えていた？」

クラウディアを見ながら声をかけているジークフリートの顔にわずかな焦燥が読み取れた。

「また下らぬことを考えてはいまいか？」

隣の席で責めるように、クラウディアを鋭い視線で見ている。

ジークフリートにとって下らないとは、一体どういったことなのだろう。

それが何を示すのかわからないが、少なくともクラウディアにとって下らないことではない。これから潔く去ろうという覚悟もできていたし、それが最善だと判断したからだ。

「そのような考えはございません。いつでも準備はできておりますので」

「なんの話だ？」

今度はジークフリートが、訳がわからないといった顔をしている。クラウディアは持っていたお茶のカップをテーブルへ置き、ジークフリートと向き合い、頭を下げた。

「前にジークフリート様が仰った通り、出ていく準備はできております。ただ、再三となりますが、オースティンのことだけはよろしくお願いいたします」

「……なぜ、そうなる。私はそんなことは一言も話していない」

下げていた頭の上からジークフリートの不機嫌そうな低い声が響く。

ゆっくり顔を上げると、静かな怒りを見せるジークフリートと目が合い、クラウディアは混迷を極めた。

どうしてジークフリートが怒っているのかクラウディアにはわからない。自分は邪魔者だから消えようとしているのに、それすら気に入らないのだろうか。

殺そうとしないので大人しく去ろうとしたのに、それも許されず、こうして従っているのに下らないと言われる。

「ですが……前にジークフリート様が――」

そう言おうとすると、ジークフリートに手首を力強く掴まれた。鋭い視線がクラウディアを射貫《いぬ》いた瞬間、じわっと耐えていた涙が次々あふれていき、クラウディアの頬を伝っていった。思わず俯いてしまう。

しかしジークフリートはクラウディアの顎を手で掬《すく》うと、すぐに上へ向かせた。鋭く見つめる瞳が静かな怒りを湛《たた》えていた。

「人の話は最後まで聞くんだ。私がいつ、そなたに出て行けと言った？」

「……それは、この前の夕食のあとに……」

低い声で語るジークフリートが怒っているのがわかり、震えながら言葉を紡ぐ。

しかしジークフリートはふるふるとゆっくり首を横に振った。

「私は先代のもとへ行く準備をしろ、と言っただけだ。そのあとに言った話は覚えているか？」

たしかにジークフリートはオースティンを両親へ紹介すると言っていた。だがそのあとの話はもう自分がここを出るものだとばかり思っていて、覚えていない。何か話していたことだけは覚えていた。

「申し訳ございません。そのあとのことは、覚えておりません……何か、まだお話がございましたか？」

ジークフリートに聞くが、やはり不機嫌な態度はそのままで、顎も掴まれたまま上を向かされている。

「……ようやく見つけたそなたを、なぜまた出ていけと言う必要がある。私はずっとそなたを捜していたんだ！」

ジークフリートの言葉で涙は止まったが、疑問が生まれた。

再会してから、ずっとどこかにあった違和感。話がどこかお互いズレていて噛み合わず、もどかしさがクラウディアの心を占めていた。

「それは、私の犯した罪が許せず――」

「違う！　そもそも、そこから間違っている」

精悍な顔を歪めるジークフリートが理解できず、クラウディアは思わず眉根を寄せてしまう。

「……では、なぜ私を捜していたのですか？　私にはそれ以外、見当がつきません」

ジークフリートはクラウディアが犯した罪を追及し、罰するためにずっと捜しているのだと思っていた。

「制裁を加えるだけならあのように回りくどいことなどせず、見つけ出したその場で斬り捨てている。そもそも、わざわざ公爵邸に連れて来ることもなければ、罰と称してそなたを抱くことなどするわけがないだろう！」

怒りを含んだ口調だが、不思議と怖さを感じない。

それはクラウディアも感じていた。だからこそ、ジークフリートが何をしたいのかわからなかった。

顎から手を離されたが、クラウディアはその状態のままジークフリートをじっと見ていた。

「私を、恨んでいるのではないのですか？」

お互い見つめ合いながら、ジークフリートがまた短く息を吐く。

「恨むか……そうだな。そなたがあの日の夜、私の前から姿を消したことに対してはな」

「……私が姿を、消したこと？」

見つめ合っていた視線を先に逸らしたのは、珍しくジークフリートのほうだった。

ジークフリートはやや俯きながら、思い返すように静かに話し出した。

「あの日、薬のせいで意識は朦朧《もうろう》としていたが、私を襲ったのがそなただと、声ですぐに気づいた」

ジークフリートがなぜクラウディアだとわかったのかずっと疑問に思っていた。

（私の、声？　そうね……ジークフリート様ほど耳が良いのであれば、私の声なんてすぐに聞き分けてしまうのね。極力出さないように気を付けてはいたけれど……）

ジークフリートの能力を知っていれば一言も話さなかっただろう。今さらだが、クラウディアには知らないことが多すぎた。

再びジークフリートはクラウディアに視線を戻し、今度は怖いほどクラウディアを見ている。

「王宮を捜せばすぐに見つかると高を括《くく》っていた。王宮で働いているのだからどこかの貴族の令嬢なのだとばかり思い、それを疑いもしなかった。そなたを知る王宮中の使用人に聞いたが、誰もそなたの出自を知る者はいなかった。そんな馬鹿なことがあるものかと狐につままれた気分だったが、そなたを見つけ、初めて謎が解けた。……まさか、王族だったとはな」

黄緑色の鋭い視線を向けられ、クラウディアはいたたまれなくなって俯いた。

「消えたと思っていたが、その頃そなたはまだ王宮にいたのだな。王族であるそなたが身分を隠し、使用人として働いていたとはさすがに思いつかなかった。見つからないはずだ……あれほどすぐ近くにいたのに気づきもしなかった」

ジークフリートの言うことはもっともで、そもそも王宮で働ける者は出自や身分がきちんとした者だけだ。

当時を思い出し、クラウディアの気持ちが一気に降下していく。

「そなたからは王族特有の風格や気配すら感じなかった。だからこそ一介の使用人とばかり思っていたのだ」

ジークフリートに見つめられ、ひたすら居心地の悪さを感じている。

「ラスよ。そなたが侍女として王宮で働いていたのはなぜだ？　王族であることを隠し、長い間使用人として仕えていた。私にはその理由がどうしてもわからない。そもそも、王族であるそなたがそうする意味もないはずなのだからな」

ジークフリートとしては、クラウディアの本心以上に謎の多い部分なのだろう。

ジークフリートは俯いているクラウディアの顎を取り、無理やり上を向かせた。

「ラス？」

顔を上げたクラウディアの緋色の瞳には、またあふれんばかりの涙が溜まっていた。

嗚咽を漏らしたクラウディアの眦《まなじり》から、涙がこぼれる。

クラウディアの顎から手を離し、ジークフリートは目を見開いた。

「それを……知ることに、意味など……ないのです。……私は、王女でしたが……王族では、ありませんでした……」

ジークフリートの膝の隣で顔を覆い身体を震わせる。

真意がわからないと途方に暮れていたジークフリートだったが、涙に暮れるクラウディアの身体を腕で囲み、自らの胸に押しつけた。

「王女だが、王族ではない、か……。その真意を私に話してくれないか」

未だ俯き顔を覆っているクラウディアは、ジークフリートの言葉に力なく首を横に振る。

ジークフリートにだけは知られたくなかった。

過去の惨めな自分を。

オースティンがいてくれたことだけが、クラウディアにとっての幸せだった。

だがそれももう、取り上げられてしまう……

「なぁ、ラス」

ジークフリートがぎゅっとクラウディアを抱きしめる。

しかしクラウディアはその腕から逃れるように、ジークフリートの胸を両手で押し、身体を離してポツリと口を開いた。

「なぜ……私を……捜したりしたのですか……？」

ジークフリートの胸に手を当てたまま、目蓋を固く閉じた。

「私は……良くも悪くも、貴方の記憶に残れるのであれば、それだけで満足でした」

静かに、だが力強く、クラウディアはジークフリートに本心を伝える。

「殺すこともせず、無駄に生かすくらいなら……私のことなど捜さず、捨て置いてくださればよかったのに！」

そう叫びクラウディアはジークフリートを見上げ、涙に濡れた緋色の瞳で射貫《いぬ》いた。

ジークフリートはクラウディアを見たまま視線を逸らせず、黙り込む。

「何を話せば貴方は満足されるのですか？　王宮で私がどのように暮らしていたかなど、知ったところで……今さら、何になるのです⁉」

溜まっていた感情があふれ、声を荒らげてしまう。次々と流れ落ちる涙がソファに染みを作っていく。

「この身に流れる血など、なんの意味もないのです！　王女だなんて所詮ただの呼び名。王族ではありましたが、私のことではないのですっ……！」

ジークフリートは口を挟むこともせず、ただクラウディアを見ていることしかできなかった。

「私がなぜ侍女として働いていたか？　……それは、食べるものがなかったからです」

「食べ物、が……ない？　それはいったい……」

クラウディアは戸惑うジークフリートを見て自暴自棄になり、自嘲気味に笑った。

「わからないでしょう⁉　王女である私が食べるものに困り、侍女として働いていたなど……そんなこと、誰が信じますか⁉」

ジークフリートはポカンと口を開き、ただ目を瞠《みは》った。

「私が住んでいた離宮に出される食事は、一日に一度スープとパン一つ、それだけです……」

「なっ……！」

涙ながらに語るクラウディアを、ジークフリートは驚愕の表情で見ている。

「毎日常に空腹で……辛くて、耐えきれませんでした。ある日、あまりに空腹で……初めて離宮を抜け出しました。そしてその時に使用人として働けば、食事にありつけるのだと知りました」

「――だから、か……」

「王宮を追放され庶民として暮らすようになり、そこで私はようやく、自分がいるべき世界に来られたのだと実感したのです」

静寂な室内に、クラウディアの荒い息だけが響く。ジークフリートは黙ったまま、クラウディアを見つめていた。

クラウディアは肩を震わせ、静かに涙を流す。

逡巡したのち、ジークフリートは静かに涙を流しているクラウディアの身体をそっと抱き寄せた。

「……なぜ、王宮で私に助けを求めなかった」

ジークフリートの腕の中で涙を流しているクラウディアは、その言葉に反発する。

「私が、貴方にそれを言って……信じてくれたのですか？　……私が実は王女で、食べるものに困って、侍女として働いているなど、と……」

その問いにジークフリートは言葉を詰まらせた。

「貴方は、国王陛下に仕える身です。王女である私が、そのように振る舞っていたら、必ず報告されるでしょう。そうなれば、私はもう……生きてはいけない状況でした」

クラウディアを抱き寄せる腕に力が籠もる。

再び重い沈黙が室内を支配する。

クラウディアは、自分の身の上を言ってしまった後悔と、どこから来るともわからない寂寥感に苛《さいな》まれていた。

話したところで心が晴れることもなく、重苦しい虚しさだけが残り、クラウディアを苦しめる。

クラウディアが受けてきた待遇や気持ちなど、誰にもわかるわけがないのだ。きっと、想像すらできないだろう。

ジークフリートもただ力強く抱き締めるだけで、慰めの言葉は何もかけてくれなかった。

「これで……気が済みましたか？　……でしたら、私を、元いた場所へ帰してください。私がいるべき場所は、ここではないのです……」

——もう、疲れた。逃げ続けることに……想うことに……そして生きることに——

ようやく自分の役目が終わる。これ以上生きることに意味などない……すべてを終わらせたかった。

「駄目だっ！　それだけは許さんっ！」

しかしジークフリートはクラウディアの言葉を直ちに拒否した。そしてクラウディアの顎を掬《すく》い、再び自らのほうへと顔を向けさせる。

「あッ……！」

クラウディアの視界に、ジークフリートの精悍な顔が入る。それは、初めて見るジークフリートの表情だった。

いつも冷淡な顔しか見せないジークフリートが、何かに耐えるような苦しそうで辛そうな顔をしている。

ふと、思い当たる節があった。

（……この顔。オースティンが自分の思いを伝えたくて、でもうまく言えないときの顔にとてもよく似ているわ）

離れて暮らしていても、オースティンはジークフリートの血を受け継いでいる。

父親であるジークフリートも、もしかしたらオースティンのように、自分の気持ちを伝えることが苦手なのかもしれない。

「なぜ、私を？　……私など、いてもいなくとも……何も変わりません……」

クラウディアの話す言葉に、ジークフリートが怒ったように反発する。

「変わらないわけがないだろう⁉　私はずっと、そなたを捜していた。それは罪を暴き、殺すためではない。そなたを公爵家へ迎え入れるためだ！」

激情を解き放つように話すジークフリート。クラウディアは一瞬言われた言葉の意味が理解できずにいた。

「迎え……入れる？　……私を？」

「そうだ」

迎え入れるとは、どういう意味だろう。

思考を巡らせ、一つだけ思い当たる。

「……私がオースティンの母親だからですか？　だから、仕方なく――」

「違う。……私はオースティンがいることすら知らなかった。私が求めていたのはオースティンではなく、ラス、そなただ」

「わ……たし？」

クラウディアはジークフリートを見ながら、言われた言葉の意味をまた必死で考える。

ジークフリートが必要としているのはオースティンだと思っていたクラウディアだが、たしかにジークフリートはクラウディアを見つけた時にオースティンがいることに驚いていた。

見つめたジークフリートの黄緑色の瞳が、どこかもどかしく悲しげに揺れている。

「ここまで言ってもまだわからないか？　……なぜもう一つの可能性を考えない。……私がそなたを、愛しているのだと――」

「……え？」

クラウディアは時が止まったように、そのまま動くことができなかった。

(今……、ジークフリート様はなんと？　私を愛し……？　いえ、そんなわけないわ……)

あまりにも現実味のない言葉に、頭が理解することを拒んでいる。

――愛してる。

今まで生きてきて、一度も聞いたことのない言葉。

その言葉を、自分が一番言ってほしかった人の口から聞くことが、どれほどの意味を持つか。

驚きに満ちた顔で一言も発せず、目を開いたまままずっとジークフリートを見上げていた。

「なぜそんな顔をしている？　私の言うことが信じられないのか？」

信じるとか信じないとかではなく、理解できないのだ。

クラウディアにとって己とは、王族としても人間としても女としても、オースティン以外には誰からも必要とされず、生きる価値すらない存在。そんな認識しか持っていなかったから。

あまりに驚いた表情で見ているクラウディアに、ジークフリートはムッとした顔で見返す。

「いえ。……そう……ではなく……」

あのジークフリートが愛を語るはずはない。

だが心は、その言葉を何よりも求めていた。

「長きにわたり、そなただけを追い求めてきた」

いつも自信と威厳にあふれている切れ長の目が、どこか愁いを帯びている。

そしてクラウディアの細身の体をぎゅっと抱き寄せた。

「これ以上、私から逃げるな。ずっとそなたを追い捜すのも、もう疲れた。そなたにもわからないだろう……私の苦しみなど……」

珍しく弱音を吐くジークフリートを見てようやく、切実に言われた言葉が頭へ入っていく。

これまで自分が考えていたことはすべて誤解で、ジークフリートは初めからクラウディアを想い、捜し求めていてくれたのだ、と。

（ジークフリート様が、本当に……本当に？　ずっと昔から私を――？）

ジークフリートの言葉を理解し、じわじわと顔が熱を帯びていく。

「あ……、ぁ……私……は……」

誰かに愛されたことなどない。

自分に愛情を寄せてくれるのは我が子オースティンのみで、この想いが成就するなど、露ほども思っていなかった。

全身に緊張に似た震えが走り、高揚感と激しい動悸が同時に襲ってくる。

状況を呑み込みきれないのに、ジークフリートは考える隙を与えないようにクラウディアに迫る。

クラウディアの視界がジークフリートの精悍な顔でいっぱいになる。

「ラス、愛してる……」

クラウディアは緋色の目を大きく見開く。

「――っ！」

サラリと落ちる銀色の髪。

真剣に見つめる黄緑色の瞳。

昔と何一つ変わらない精悍な顔立ち。

思い出として終わるはずだった憧れの人が……今、クラウディアの目の前で愛の言葉を紡いでいる。

「あ、あ、あの……あっ！」

隣に座るジークフリートが再びクラウディアの身体を抱え上げる。

ジークフリートはクラウディアを抱えたまま、すぐ後ろにあるベッドまで無言で歩き、ゆっくりベッドへ降ろした。ギシリと軋む音を立て、ジークフリートは横たわるクラウディアの上に覆いかぶさった。

気持ちが追いつかない。心臓が破裂してしまいそうなほど早鐘を打っている。

「待っ……少し、お待ち、くださいっ！」

「私はもう、十分すぎるほど待った」

目の前に黄緑色の瞳が迫る。

「んッ！　……んんっ……！」

深く重なった唇から縮こまった舌を絡め取られ、クラウディアの劣情を刺激するように舌をなぞられる。ゾクリと鳥肌が立った。

「んッ……ふぅ」

二人でベッドに重なり、静かな午後の室内にはクラウディアの鼻から漏れる声と、混ざり合う水音だけが響いていた。

「ぅん……はっ、ぁ……」

唇が離されると、クラウディアは目を閉じたまま大きく息を吸いこむ。ジークフリートに施される口付けはクラウディアの思考を奪い、甘く蕩けるような官能を誘う。

「元より、そなたを手放すつもりなど微塵もない。さぁラス……そなたの想いを聞かせてくれ」

薄く目を開けると、クラウディアの赤く染まる頬を見下ろして、ジークフリートは目を細めてうっとりと微笑んでいた。

余裕が垣間見えるその顔に、思わずときめいてしまう。

ドキドキと心臓が脈打ち、緊張で喉がカラカラになり言葉がなかなか出てこない。

「ぁ……あ、その、私は……」

上から向けられる黄緑色の瞳はまっすぐにクラウディアを見ており、答えることを無言で促していた。

その瞳を見ていることができず、思わずジークフリートから視線を逸らした。

「――それとも、私を焦らして、酷く攻められるほうがそなたのお好みか？」

ふっと笑い、ジークフリートはクラウディアの首筋に唇を寄せる。

「んッ！　ぁ……違い……ます」

まだ現実を呑み込めない。これまでのこともあり、なかなか素直に話すことができなかった。

クラウディアに覆い被さっていたジークフリートは手を伸ばし、クラウディアの開いたドレスの胸元を掴みそのまま下へずらす。

「きゃっ」

ふるりと白い乳房が露わになり、ドレスを下ろしたままジークフリートは柔らかな双丘に手を伸ばす。

「あッ！」

「では、そなたが素直になれるよう、私も相応の努力をしよう」

この状況を楽しむように笑い、掴んだ乳房にジークフリートは顔を寄せ、ツンと立ち上がった先端を口に含む。

「んっ！　……やぁっ！」

ぬるりとした感触と温かな口内に包まれ硬く尖っていく先端を、歯で甘噛みされる。

「ひっ！　ぁ……っ、ん！」

わずかに感じる痛みと子宮が疼くような快楽に、クラウディアは抵抗することもできず追い詰められていく。

ジークフリートは乳房を攻めながら、自らの手をクラウディアの脚へと滑らせ、奥まった秘部を指で撫でる。

「あんっ！」

すでに湿っているそこをジークフリートの指先が掠《かす》め、その上にある陰核を長い指で優しく撫でていく。

「んぁ！　……ぁっ、やめっ」

「どうした？　……もう随分、濡れているな」

揶揄《からか》うようにクスリと笑うと、さらに膨れた陰核をぐちゅぐちゅと音を立てながら、緩く上下に擦りはじめた。

「は、ぅっ……んっ、ンン！」

クラウディアは感じるまま声を上げる。その様子をジークフリートは愛おしげに見つめながら、唇を深く重ねた。熱い舌が入り、唾液が顎を伝う。くぐもった甘い声と吐息が部屋に響く。

「ん、ぅ……！」

唇が離されたが、指の動きは止まらない。さらに追い打ちをかけるように、ジークフリートの唇はクラウディアの乳房の先端を嬲るように舌でチロチロと転がしはじめた。

「んッ！　あっ……」

「どうした？　腰が動いているぞ？」

（もっとたくさん、触れてほしい……）

あまりに焦れったく、もどかしい刺激に喉元まで出かかった言葉を呑み込んだ。

そのようなことは言えない。

熱く快楽に染まった吐息をこぼし、横たわりながら力なく首を横に振った。

「何も言わねば、ずっとこのままだぞ？」

投げ出された肢体を眺め、色づいた乳房の先端を咥え、絶妙な加減でチュッと吸い上げた。

「あぅっ！」

そのまま硬く尖った突起を緩く舐《ねぶ》るだけで、達するほどの強い快楽は得られない。それでももどかしい愛撫が続き、身体の中でずっと熱が燻《くすぶ》り続けておかしくなってしまいそうだった。

「は、ぁ……っ……」

身体が熱くて仕方ない。身体中に籠もった熱を解き放ちたくてポロポロ涙がこぼれる。

ジークフリートの愛撫から逃れようと身を捩《よじ》るが、すぐに元に戻され、また緩い刺激を与えられる。

「やぁ……もう……」

じわじわと追い詰められていく身体が酷く辛い。

ジークフリートは秘部から指を離し、細身の肢体を自らの身体で押さえつけ、涙を流して悶えているクラウディアの顎を掴み上を向かせた。

「もう一度問おう。そなたはなぜ私を襲った。……いや、なぜ、私を選んだ？」

クラウディアの片脚を抱え、ジークフリートが開いた秘部に猛った男根を擦り付ける。

「んッ……！」

サラリとジークフリートの短い銀髪が流れ、精悍な顔立ちの中に一際目を引く黄緑色の瞳がクラウディアを見下ろす。

「ラス……」

「ひっ……ゃ」

すでに濡れて蕩けた秘部は蜜が滴《したた》り、ジークフリートの熱い塊を必死で取り込もうと切なく収縮する。

だがジークフリートは割れ目に塊を押し付けたまま緩く腰を動かすだけで、決定的な刺激を与えてはくれない。

「ん……、ぁ……ふ……」

燻《くすぶ》り続ける身体が悲鳴を上げ、緋色の瞳からあふれる涙をジークフリートが舐める。

「達したいのだろう？　……そなたが素直に答えれば、気の済むまでコレで突き上げてやるぞ」

耳元で甘く囁き、秘部を緩く擦っていた太い切っ先がクラウディアの蜜口に当てられる。

「んっ！」

クラウディアはコクリと唾を飲み込み、震えるように腰を揺らした。

「……ぁ」

（――欲しいっ……）

あの身体の芯まで蕩けるような、深くて甘い極上の快楽が、今すぐにでも欲しい。

「さぁ、答えろ……ラス」

ジークフリートが誘うように囁き、クラウディアの耳朶《じだ》を食《は》む。

「あっ！　……んっ」

酷くもどかしい刺激に身体を捩《よじ》る。

当てられた切っ先がまた少し膣内へとめり込むと、クラウディアの子宮が甘く疼き、気が狂いそうになる。

「ん……っ、私は、……貴方を……」

感情が昂《たかぶ》り、クラウディアの瞳から再びポロポロと涙があふれ落ちる。

「ずっと……許されないと思いながらも……、貴方を想うことを……やめられません、でしたっ……」

涙に濡れる緋色の瞳がジークフリートをじっと見つめる。

「たとえ、叶わぬ想いでも……貴方との思い出が、欲しかったのです……」

ジークフリートはクラウディアに魅入られたように目を開き、瞬きを忘れるほど一心に見ている。

「ジークフリート様、……貴方を……お慕いしております……」

長年、ずっと胸に秘めていた想い。

無言のままジークフリートは、蜜口に当てていた熱い切っ先を一気にクラウディアの膣内に挿入する。

「――ひっ！　やぁぁっ‼」

突然訪れた強い刺激に身体を大きく仰け反らせ、激しい快楽に悲鳴を上げて震えながら絶頂を迎えた。

燻《くすぶ》り続けた身体は簡単にジークフリートの男根を呑み込み、達してもなお貪欲に締めながら腰を揺らし快楽を貪る。

「うぅッ！　……くっ！　……うっ！」

ジークフリートも眉を顰め、激しく数度腰を打ちつけクラウディアの膣内で呆気なく果てた。

どちらともつかない荒い呼吸が室内に響き、ジークフリートは繫がったままクラウディアに覆い被さる。

「ぁ……は……あッ……！」

クラウディアは激しすぎる刺激に、未だ小刻みな痙攣《けいれん》が治まらない。

「はッ……、これほど、とは……な。年甲斐もなく、果ててしまった……」

身体を起こしたジークフリートは息を乱し満足げな笑みを湛《たた》え、まだ涙を流しながら快楽に震えているクラウディアを見下ろしている。

「ラス……そなたが私を選んだのは、ずっと私を想い焦がれていたからか？」

ベッドで弛緩し激しい余韻に耐えているクラウディアに、確認するように問いかける。

「答えてくれ、ラス」

「あっ！　……あぁッ！」

返答を催促するように、ジークフリートは繋がったまま腰を緩く動かす。

すでに硬さを取り戻したジークフリートの男根は、収縮している熱い内壁を押し退けるよう出入りを繰り返す。

先ほど達したばかりなのに、またすぐ高みへと追い上げられる。

「あぅ！　……ん、ん！　……は、い」

上擦った甲高い声が口から漏れ、少しでも快楽を得ようとはしたなくジークフリートの男根を締め付けて腰を揺らす。

クラウディアは控えめに返事を返す。

「良いぞ、ラス。そんなにも私に焦がれていたのか？」

いつになく機嫌良く身体を起こしたジークフリートが、力の入らないクラウディアの身体を持ち上げ、ベッドの上で座りクラウディアの奥まで届くよう反り勃つ男根を深く埋めこんでいく。

「はっ！　あぁっ……あ、……ぁ！」

クラウディアは快楽に涙を流し、ジークフリートの首に掴まりながら息も絶え絶えに頷いた。

「ふ……、薬を盛り破瓜の苦痛に耐えても、私と繋がりたかった。そして、他国の王との輿入れを拒絶してでも私を選んだ……そうだな？」

根元まで熱く硬い男根で犯され、膣内を締めながらふるりと身体を震わせる。

「んぁ……は、い。仰る……通り、です……」

向かい合う形で繋がったクラウディアは、真向かいで返事を待っているジークフリートを快楽で潤んだ瞳で見つめる。

「良い子だ……」

満足げに微笑んだジークフリートはクラウディアの顎を手で取り、自らのほうへ引き寄せしっとりと深く唇を重ねる。

「んっ、はぁっ……」

素直に思いを口にするクラウディアを見て、ジークフリートは目を細め、これまでにない喜びに満たされたような表情をしていた。

「ふ……そなたほど、私を惑わす者もいない……」

ジークフリートが下からゆっくり突き上げると、クラウディアの身体は浅い快楽を感じ、肢体を痙攣《けいれん》させ、膣内を収縮させ熱い肉棒に搾り取るように絡みついていく。

「はぅっ……！」

「はっ、ラス……締め、すぎだ……」

迫る締め上げげに眉根を寄せ、ジークフリートは腰を押し上げるように膣内を太い切っ先で抉《えぐ》っていく。

「あっ！　あっ……、んっ！」

身体を焦がすほどの溶けそうな悦楽に、ジークフリートの首に掴まり熱を逃すように身悶える。

打ち付けられる度に揺れるベッドが大きく音を立て、子宮を直接揺らすほど激しい突き上げに息を荒らげ、大きく身を捩《よじ》った。

「はぁ！　やっ、あ……んん！」

結合部から混じり合った蜜と先走りの液があふれ、ベッドのシーツを濡らしていく。

「ふっ、ぁ……あ！」

ジークフリートはそのままクラウディアをベッドへ押し倒し、片足を抱えながら腰を動かし性急に抽挿を繰り返す。

膣内を満たす甘く蕩ける刺激に、クラウディアは訳もわからず首を振り、目の前のシーツを握り締めた。

浅く抜き差ししているかと思えば壊れそうなほど強く男根を出し挿れされると、思わず身体が仰け反り、迫りくる絶頂に期待しながらジークフリートの身体にぎゅっと縋りついてしまう。

「あっ！　あ、あっ……、め……来ちゃっ」

身体を焦がすほど熱く疼く昂りに、泣きたくもないのに感極まり涙が込み上げる。

「限界、か……？」

締め付けがさらにキツくなり、ジークフリートもクラウディアの最後を促していく。

子宮の入口を太い切っ先で突くように抉《えぐ》り、震える細い脚を抱え、腰を押し付けながら激しく突き上げる。

「んっ……もっ！　ぁ……あっ！　ジーク……、ジークっ!!」

「ふ……、出す、ぞっ……」

腰の動きが性急になり、なす術もなく突き上げられるままクラウディアは絶頂へと追い上げられた。

「ん、んッ！　――あぁッ!!」

搾り取るようなキツい締め付けに抗うように、ジークフリートも激しく腰を打ち付け吐精した。

「はっ！　く……ぅ……」

最後の一滴まで注ぐように腰を奥へと穿《うが》ち、どちらともつかない荒い息を吐きながらベッドへと脱力した。

辺りはすっかりと暗くなり、夕暮れを過ぎていた。

これまでになく身も心も満たされ、いつも絶頂を極めたあとに襲う罪悪感もなかった。

ジークフリートはクラウディアの隣へ横たわっていたが、まだ深い余韻に浸っているクラウディアの身体を引き寄せた。

「……ぁ」

クラウディアの目の前に精悍な顔と逞しい胸元が迫る。

同じく横向きで向かい合ったクラウディアは、年月が経とうとも変わらないジークフリートの美貌に見惚れていた。

クラウディアの心の中は、事後の満たされた気持ちと、まだ現実を受け止めきれない気持ちと……複雑な想いが入り混じっていた。

(たとえ想いが通じ合っても……私は王宮を追放された罪人で……身分を剥奪された元王女、ということに変わりはないわ)

ジークフリートはクラウディアを迎え入れると言ってくれたが、今のクラウディアはただの庶民に過ぎない。公爵夫人になるなど、夢のまた夢。

俗世から離れていたクラウディアでも、それは安易に想像がついた。

「まだ何か不満か?」

ベッドで自分の腕に抱かれながら表情の暗くなったクラウディアに気づいたのか、ジークフリートが声をかけてきた。

クラウディアは、ハッとしてジークフリートから視線を逸らした。

「いえ。ただ……」

「どうした? 何か思うことがあるなら、はっきりと話してくれ」

気のせいか、想いを伝え合ったジークフリートがわずかだが、柔らかくなったように感じる。

クラウディアは少しの違和感を覚えながらも、同時に嬉しく思っていた。

「ジークフリート様が私を迎え入れてくださることは、大変嬉しく思うのですが……私は公爵家に相応《ふさわ》しい人間ではありません。もし、私との婚姻を考えておられるなら、それは――」

――考え直したほうがいい。

喉元まで出かかった言葉は発することなく呑み込んだ。

クラウディアは人並みの幸せを望んでいるわけではない。

だが、ジークフリートと一緒になるということは、まさに茨の道を突き進むようなものなのだ。

地位もなければ人脈もないただの平民が公爵夫人になるなど、笑い者になるだけだ。自分がそうなるくらいなんとも思わないが、ジークフリートやオースティンまで同じ目で見られる。

そのほうが耐えられない。

苦しみを耐えるように静かに目蓋を閉じたクラウディアの頬を、ジークフリートの指先がスッと撫でた。

「また下らぬことを……」

指先の感触に目を開いたクラウディアは、ベッドに横たわったままジークフリートを見上げた。

「公爵家に相応《ふさわ》しいか相応《ふさわ》しくないかを決めるのは、他の誰でもなく当主である私だ。身分を気にしているのなら全く問題はない。そなたは紛れもなく王族の血筋を継いでいるのだ。たとえ追放され身分を剥奪されようとも、それは変わらん」

いつもの厳しい口調ではなく、クラウディアを諭すように話している。

「ですがっ！」

「血は水よりも濃い。受け継がれた王家の血と言うものは、おいそれと替えは利かん。だからこそ尊ばれるものだ。そなたの持つその能力も然り」

クラウディアの頬を掴み、ジークフリートはじっくりと緋色の目を見つめた。

「能力、とは……？」

「アサラト公爵家同様、王家にも特殊な能力が引き継がれている。それがそなたの瞳だ」

「私の、瞳？」

クラウディアはジークフリートを見つめたまま聞き返す。

するとジークフリートは「あぁ」と頷き、口を開いた。

「その緋色の瞳には服従と威圧の能力がある。遥か昔、アサラト公爵家と王家は同じ家門の血筋から分かれた。王となった兄、公爵となった弟。この二人の血筋が受け継がれてきたのだ」

初めて聞かされる話だった。

王家の始まりなど気にしたこともなかったが、まさかアサラト公爵家との繋がりがあるとは思わなかった。

「皮肉なことに、王家を追放されたそなたはその能力を誰よりも濃く受け継いでいる。そなたの異母兄上である現国王陛下を遥かに凌ぐほどだ」

国王に仕える者として正しいのかわからないが、ジークフリートはなぜかその事実に満足しているような表情をしていた。

「ジークフリート……様？」

「そしてオースティンは私とそなた、両方の能力を色濃く受け継いでいる」

妖艶ともいえる笑みを浮かべてクラウディアを抱き寄せ、顔を近づける。

「ぁ……」

「ラスよ。そなたはアサラト公爵家の悲願を叶える救世主だ。そなたが私を選んだことを後悔させはしない。すぐには無理だが、そなたが国母として民衆の前に立つことも遠い未来ではないぞ」

「あ、あの……？」

珍しく興奮気味に話しているジークフリートの話を、クラウディアは半分も理解できなかった。

ただ、ジークフリートがとても嬉しそうなことだけはわかった。

「私は、公爵家の悲願などという難しいことはわかりませんが、オースティンは意外と敏感で臆病な子なのです。公爵家の能力もその原因なのかもしれませんが……まだ幼い子供ですので、あまり厳しく接するのは控えてくださいますよう、お願いいたします」

クラウディアにとってオースティン以上に大切な存在はいない。

それは想いが通じ合った今でも変わりはしない。

ジークフリートももちろん大事だが、オースティンはまったくの別物なのだ。

自分の全てを犠牲にしてでも守りたい者は、我が子であるオースティンだけだ。

不安げな表情で見ていたクラウディアに、ジークフリートは少し間を置いてから口を開いた。

「――そうだな。オースティンに関しては、そなたの意見を第一に優先しよう」

「本当ですか？」

「あぁ……嘘は言わない。だがその代わりそなたは、命ある限り私の側にいろ。何があろうと離れることはできんぞ」

距離を埋めるようにジークフリートがギシリと音を立てて近づき、クラウディアの顎を手で持ち上げる。

「ジーク、フリート様……」

「ジークと呼べ。これから私の妻になるのだ。敬称など使わなくていい」

「つ、妻……!?」

突然の発言にクラウディアの顔が赤く染まる。パッとジークフリートから離れ、両手で頬を覆い、信じられない気持ちで俯いた。

クラウディアの様子に、ジークフリートは呆れた顔をしている。

「ふっ……やはり、そなたほど読めない者はいない。私に果敢に挑んだかと思えば、こんな一言で簡単に大人しくなるのだからな。その落差がなんとも興味をそそる……」

ジークフリートは深く笑みを刻み、クラウディアを見ている。

「っ、……あ、の、ジー……ク」

「なんだ」

馴れ馴れしい呼び方に抵抗はあるが、ジークフリートが望んでいるなら、従わない訳にいかない。

「本当に……私を、迎え入れるおつもりですか?」

「もちろんだ」

「正直な話、私に公爵夫人が務まるか、自信がありません……。それに、現在の私は王女でもなく……身分すらございません……」

ジークフリートの胸元に頭を寄せて、クラウディアは胸に蟠《わだかま》る不安を吐露していく。

「先ほども言ったが、そなたの身分など気にする必要はない。なんなら、そなたを馬鹿にする奴らはすべて斬り殺しても構わない。そんな奴らは生きている価値すらないのだからな」

冷ややかに笑いながら言われた言葉に背筋が凍る。

「いえ……私自身に自信がなく、アサラト公爵家の名声を汚すのが不安なだけなのです」

自分の気持ち一つで人の命が奪われる。そんなことはあってはならない。

不安に揺れる緋色の瞳がジークフリートを映す。

「それこそ余計な心配だ。そなたほど貴《とうと》い存在はいない」

不敵に笑うジークフリートに畏怖を感じながらも、それすら美しく感じてしまう。

ふぅ……とクラウディアはため息を吐く。

まだジークフリートと婚姻を結ぶと決まってはいない。そんなに簡単に決まるほど、高位貴族の結婚は甘くはない。

クラウディアを腕の中に抱きしめていたジークフリートは、そのままベッドへと横になった。

「そなたが不安に思うことなど何もない。この私が選んだのだ。誰にも文句は言わせせん」

「ジーク……」

ジークフリートなりに、クラウディアの不安をなくそうと必死なのかもしれない。

不器用なジークフリートの物言いに、思わず笑みがこぼれた。

（変わらない。この人の飾り気のない言葉も、素っ気ない口調も……。簡単に頷くことはできないけれど……それでも私の心を揺さぶるのは、きっとこの人しかいないいんだわ）

顔を上げ、クラウディアの身体を抱いていたジークフリートに視線を合わせた。

「あの……少しでいいので、時間をいただけませんか？」

「何をするつもりだ」

ジークフリートはクラウディアがまた良からぬことを考えているのではないかと、疑いの声を上げる。

「いえ……少し、考える時間がほしいだけです」

「本当か？」

「はい。その、いろんなことが一遍に起きたので、気持ちを整理する時間がほしいのです」

視線を合わせたまま、不機嫌そうなジークフリートの顔を見つめる。

「許していただけるのなら、その時にまた私のことをお話ししたいと思います」

「その言葉に偽りはないな？」

「はい」

珍しく視線を逸らさず、じっとジークフリートを見ているクラウディアに短く息を吐いた。

「五日だ。それ以上は待たんぞ」

「……ありがとうございますっ」

譲歩してくれたことを嬉しく思い、クラウディアは見上げたままジークフリートに笑顔を見せた。

すると、ジークフリートの欲がまた頭をもたげる。

クラウディアのか細い背中を抱いていた手が、スッと肉の薄い臀部へと下りていく。

「……あっ……」

緩やかな丸みを帯びた双丘を片手で撫でていく。

「……ん、ぁ……っ、ジー……ク」

「五日分は、今、補うことにしよう……」

吐息がかかるほど間近で囁かれ、ジークフリートの大きな手で肌を撫でられると、身体がゾクリと震えて燻《くすぶ》りだす。

手付きはいつになく優しく、クラウディアの肌を滑り背中を伝い、乳房へと辿《たど》り着いた。

「ん、んっ……は、ぁ……」

感じるまま素直に跳ねる身体に、ジークフリートは満足そうにほくそ笑んだ。

◇◇

夜も更けた頃、アサラト公爵家の執務室にジークフリート、ブライアン、スティーブン、メリーが集まっていた。

いつもの通り、これまでの様々な情報を報告し、互いに共有している。

一通りの報告を終えた頃、執務室の机から離れた場所でメリーが意気揚々と話し始めた。

「お館様のお許しさえいただけるなら、私は生涯ラス様のお側で仕えたいと思っております！」

「……それは、騎士の誓いをラスに捧げるということか？」

「はいっ！　仰る通りです！」

メイド姿のメリーが恭《うやうや》しく頭を下げた。

これでもメリーはアサラト公爵家騎士団の副官。女でありながらに実力で伸《の》し上がった強者でもある。そのメリーが、自ら志願するほどクラウディアに心酔している。騎士の誓いを求めるほど、クラウディアを主として認めているのであれば、ジークフリートとしては認めざるを得ない。

「お前が望むのなら許可しよう。ラスもお前に信頼を寄せているようだしな」

これはジークフリートも考えていなかった、嬉しい誤算だった。

ここまでメリーがクラウディアに忠義を尽くすとは思いもしていなかった。これもクラウディアの人となりのおかげなのかと、ジークフリートも感心せざるを得ない。

「恐悦至極に存じます。必ずやラス様をお守りし、いかなる時も主を支えると誓います！」

剣こそ携えていないが、メリーは胸に手を当てジークフリートに深々と礼をする。

「認めよう。お前の命に代えてでも、ラスを守れ」

「ありがたき幸せ！　仰せの通りにッ」

そのまま腰を折ったメリーは満足そうにジークフリートと誓いを交わした。

「しかし、おかしいですよね……」

次に呑気そうな声を上げたのは、ジークフリートの隣に控えていたブライアンだった。

「なんだ？」

「いえ、ラス様の待遇のことなのですが……。まず、王宮では王族に配分される財産がきちんと分配されていて、たとえ冷遇されていたとしても、それほど不当な配給にはならないはずなんですよ」

ブライアンは軽口を叩くように話している。

「財産の分配金を決めるのは国王陛下ではなく財政管理を担う行政官ですから、そこがまともに動いているのであれば、分配金自体はきちんと行き渡るはずなんです」

ジークフリートの隣でブライアンは朗らかな笑いを浮かべている。

「それをラスに分からぬよう、着服していた者がいたということか。しかもそれはごく身近な人間だな」

「おそらくそうであったと推測されます。第八王女様に関する報告書には、暮らしていた離宮を捜査した結果……不可解なほどものがなかったと記載されております」

ジークフリートの隣に立ち、ブライアンは手に持った報告書を眺めながら話している。

「ものがないだと？」

「えぇ。第八王女様が追放された際、離宮も同時に封鎖され、お部屋の状態も当時のまま残されていたそうです。ですが、そこに残されていたのは、古びたドレスが三着、履き潰された部屋靴と、カビの生えたベッド。それだけでした……」

執務室がシーンと静まり返る。

通常、王族における追放とは身にまとうもの以外、持ち出しを禁ずるという極刑に近い過酷な罰だ。

それでもなお、部屋に残されたものがそれしかないのであれば、クラウディアが暮らしていた当時も、やはりそれ以外のものがなかったであろうことは容易に想像できる。

ジークフリートの体の内から、沸々と怒りがこみ上げる。

「ラスが一日に一度しか食事がないと言っていた意味が理解できるな。あそこまで痩せていたのも、食べ物を与えると極端に喜んでいたのも……すべて、そのせいということか！」

ダンッ！　と机を叩き、ジークフリートは行き場のない怒りを発散させた。

「それで……ようやく、当時ラス様に仕えていた侍女を特定したのですが……」

怒りに満ちあふれているジークフリートを前に、ブライアンはいつになく言い辛そうに躊躇している。

「なんだ、はっきり言え」

「それが……その侍女は当時、第二王女様の使用人として、現在ではガズウート侯爵代理様付きの侍女として仕えているのです……」

ブライアンの報告に、ジークフリートはさらなる怒りをあらわにするのだった。

第七章　穏やかな休息

ジークフリートから五日の猶予期間をもらったクラウディアは、メリーの提案もありアサラト公爵邸から離れ、公爵領の別邸へと来ていた。

周りには森が広がり、木々の新緑にクラウディアの心も癒やされる。

元々隠れ住んでいた場所も、人里離れた緑の多い所だった。

アサラト公爵邸は人も多く、人目を避けて暮らしてきたクラウディアにとって落ちつく場所ではなかった。

「ありがとうメリー！　すごく素敵な場所ね！」

アサラト公爵家から別邸まで馬車で約一日。ここに一緒にやってきたのはオースティンとメリー、それに数人の護衛騎士のみ。ここで約三日ゆっくり休み、これからのことを考えるためにやってきた。

クラウディアは広々とした豪華な部屋に通され、移動の疲れを癒やしていた。

「とんでもございません。ラス様がお喜びになられたのなら幸いです。それに、ここをお勧めしたのは、実はお館様なんですよ！」

「そう、ジークが……」

「……はいっ！」

クラウディアのジークフリートの呼び方が変わっていることに気づいたのか、メリーは目尻を細めて嬉しそうに返事をした。

クラウディアにとっては、この三日間は休息という名のこれからを考える時間。

ある程度答えは決まっていたが、クラウディアの気持ちがあと一歩足りなかった。だから落ちついた場所で一人で過ごす時間が欲しかったのだ。

このアサラト公爵の別邸は本邸よりも小さく静かなので、それがまたクラウディアの気に入るポイントでもあった。

やたら人が多いのも大きくて豪華な建物も、クラウディアは苦手だったからだ。

「母様っ！　外で遊んで来てもいいですかっ！」

オースティンも緑あふれる森の中を散策したいようで、笑顔でクラウディアに聞いている。

「オースティン、たとえ公爵領でも森はとても危険ですから、護衛の騎士様と共に行動してくださいね。それに奥までは決して行ってはいけませんよ」

短い滞在期間お世話になる部屋に荷物を置き、別邸の管理者にも簡単に挨拶を終えていた。

「わかってます。でも大丈夫です！　森に入る道具もちゃんと持って来ました。準備も整ってます！」

獣除けの鈴や、いざという時のための様々なアイテムを袋に入れ、すでに荷物を背負っている。

この用意周到さにはクラウディアも思わず苦笑してしまった。

「ふふっ、わかったわ。気を付けて行ってらっしゃい」

「はい、行ってきますっ！」

オースティンは無邪気に手を振りながら、後ろで控えていた護衛騎士たちを促している。そのまま彼は森へと探検に出かけていった。

静かになった部屋でクラウディアは窓際にあるテーブルへと移動し、窓の外を見る。

オースティンが楽しそうに騎士たちと森へ入っている。

（あの子のあんな楽しそうな顔見るのも久しぶりね。私よりも、オースティンの気分転換になったみたいで、よかったわ……）

椅子に腰かけると、すぐにメリーが温かいお茶を注いでくれる。

「ねぇ、メリー。貴女も座って。たまには一緒にお茶しましょう」

にっこりと笑って椅子に掛けていたクラウディアは、メリーに着席を促す。

「いえっ、そんな恐れ多いことはできません！　私はただの侍女ですのでっ！」

「ここなら他の人の目はないし、変に噂されることもないわ。メリーともゆっくりお話がしたかったの」

「し、しかしっ……」

「ここにいる間だけだから、駄目かしら？」

ティーポットを持ち、側で控えているメリーにクラウディアは眉尻を下げてお願いする。

メリーはしばらく考えた後、ティーポットをワゴンに置いた。

「では一杯だけ、ご一緒してもよろしいでしょうか？」

「えぇ、そちらへ掛けて」

クラウディアはにこりと笑いながらメリーを席へと促した。

メリーと談笑している時間は、アサラト公爵家に連れて来られてから、初めて穏やかな気持ちで過ごせた時間だった。

「メリーが私と同い年なんてびっくりしたわ！」

「ラス様は大人びていてお綺麗ですから……。私は童顔でいつも年下に見られてしまいます」

メリーとの会話も弾み、久しぶりに使用人時代を思い出していた。

しばらく話に花を咲かせていたら突然、対面の席に座っていたメリーが頭をテーブルに擦りつけてきた。

「突然どうしたの!?」

「ラス様にお願いがあります！　私はラス様に生涯を捧げたいと思っております！　これに関して、お館様にも了承済みです！　私からこのようなことを申し上げるなど恐れ多いのですがっ、どうかお館様との未来を考えていただけないでしょうか！」

クラウディアは困ったようにメリーに声をかける。

「……顔を上げてちょうだい。私は、貴女がそこまでするような人間ではないわ」

「何を仰いますか！　ラス様ほど貴《とうと》い方を私は知りません！　これは私の勝手な意見ですが、アサラト公爵家の女主人はラス様をおいて他には考えられないです！　というより、これは公爵家使用人及び、騎士団一同の総意でもあります！」

まだテーブルに頭を擦りつけているメリー。

「メリーの気持ちはとても嬉しく思うわ。でも、私がその立場に相応《ふさわ》しいとはとても思えないけれど、そうね……………」

クラウディアは考えこんだまま口を閉ざした。

正直な話、本音を言えばジークフリートの話を受けたくはない。

好き嫌いは別として、様々な面においてクラウディアがジークフリートの隣に立つ未来がまるで想像できないからだ。

だがジークフリートの話や態度、クラウディアへの想いを聞く限り、選択肢は他にないにも等しい。

（あとは、私の気持ち一つ……）

持ち上げたカップの水面に、ゆらゆらと自分の顔が映りこんでいる。

（元々私は、この場にいなかった。ジークが私を捜し出した時に、私の人生は一度終わっている。だからこれは、私が想像していたものとはまったく違う別の人生。ラスという一人の使用人は死に、クラウディアという王族が生き残った。そう考えれば、まだ気持ちを切り替えて、あの人との未来を望めるのかしら……）

急に黙り込んだクラウディアを、メリーは窺《うかが》うように見ている。

「ラス様？」

これまでの経験から、人とは所詮気持ち一つなのだと実感していた。

それを気にするかしないか……現実を直視することだけが必ずしも正しいわけではないからだ。

「私はメリーが思うほど、崇高な人間ではないわ。嫌なことがあれば逃げてしまうし、他人を扱うことにも慣れていない。人の顔色も窺《うかが》うし、自分の意見すら強く言えない。そんな臆病な人間よ？」

まだ揺らめくカップを見ながら、クラウディアはポツポツと弱音を吐いていく。

「何を仰いますか！　そこがラス様の良いところなのです！　だからこそ私は、ラス様に忠誠を誓いたいと思っております！　なんでもできる完璧な方でしたら、自分など必要ないのではと悲観的になりますが、ラス様のように自分の弱さを隠さず認めている方であれば、お側にいて支えてさしあげたいと思えるのです‼」

テーブルから頭を上げたメリーが、今度は興奮したようにベラベラと自分の気持ちを話していく。

「メ、メリー……」

「私ごときが、失礼な言い方で申し訳ございません。ですが私は単純なので、必要とされていると思えるだけで気持ちが満たされるのです。お館様はとても強く誇り高い主に相応《ふさわ》しい方ですが、私がお守りしなければならないほど弱い方でもありません。しかしラス様は貴《とうと》くも儚い存在なのに、ときにあのお館様を黙らせるほど気高い威厳をお持ちでいらっしゃいます！　私はそんなラス様に心酔してしまいました！」

ここまで好意を寄せられたことのないクラウディアは、メリーの実直すぎる物言いに段々と恥ずかしさが込み上げてきた。

「あ、ありがとう……メリー。貴女がそこまで私を評価してくれてるのはとても嬉しいわ」

クラウディアは頬を赤く染めて、笑顔でメリーにお礼を言う。

他人を信用できず警戒心の強いクラウディアも、メリーには初めから好感を持っていた。

まだ完全に打ち解けることはできないが、自分の中で信じたいという気持ちが生まれていた。


ジークフリート同様、メリーへの返事も保留にしてもらった。

メリーもクラウディアの答えが出るまで待つと笑顔で言ってくれた。

クラウディアは今、与えられた広い部屋のベッドの上で仰向けに寝て、天井の模様を見ながら一人考えている。

(私の選択は、様々な人の人生を変える。これは私だけの問題じゃないんだわ)

考えても考えても気持ちが定まらない。

この重圧から逃げ出したい。ただそれだけが頭を占めている。

クラウディアが落ち着かないまま、眠れぬ夜が過ぎていった。


次の日。

この日はクラウディアも外へ出ていた。

気持ちの良い晴れの日で、様々な草木が生える別邸の周辺を散策していた。

「わあ～、母様見てくださいっ！」

ここでは勉強や訓練などないオースティンは、子供らしく生き生きと遊んでいる。

周りにメリーも数名の護衛騎士も控えていて、ほのぼのとした時間を送っていた。

綺麗な花を摘んできたオースティンがクラウディアに笑顔で渡す。

「どうぞ！　母様みたいに綺麗で、すごく似合ってます！」

「ありがとう、オースティン。とても嬉しいわっ」

笑顔で受け取り、改めてオースティンの顔を見る。

ジークフリートそっくりの顔立ち、陽の光を浴びて輝く銀髪、そしてクラウディアの色を受け継いだ王族の証である緋色の瞳。

「ねぇ、オースティン。もし、母様が公爵様と一緒になるとしたら、あなたはどう思いますか？」

クラウディアは受け取った花を自分の胸元で握り、オースティンへと質問する。

オースティンは一瞬キョトンとしていたが、質問の意味を理解してむすっとした顔へと変わる。

「僕は……母様が幸せならそれでいいです。母様はずっと僕を守ってくれました。だから、母様が決めたなら僕も従います」

「……オースティン？」

クラウディアは内心驚いていた。

ジークフリートを嫌がっていたオースティンなら、即答で反対すると思っていたからだ。

「あいつは偉そうだけど……剣術はすごいし、騎士たちを従えてる時は、ちょっとだけかっこいいかなって思いました。それに、あいつのところに来てから勉強もできるし、本も読めるし、食べ物に困らないくらい金持ちだし、力もあるから。……しょうがないけど、認めてやってもいいです」

下を向いて口を尖らせぶつぶつ話しているオースティン。褒めているのか文句を言っているのか、思ったことをすべて言葉に出していた。

クラウディアはその台詞に思わず笑ってしまう。

「ふふふっ、たしかにそうね」

無邪気で素直な子供の言葉に、一気に心が軽くなった。

身分や体裁……いろいろなことを考えていた自分が馬鹿らしく思える。

踏ん切りのつかないクラウディアの気持ちを後押ししてくれたのは、他でもない我が子だった。

「ではオースティン。公爵様を父様と呼ばなくてはなりませんよ？」

クラウディアは静かにしゃがみ、オースティンに目線を合わせ微笑みながら話す。

「うっ……、すぐには……無理です」

オースティンはまた嫌そうな表情を見せていた。

「えぇ、もちろんです」

クラウディア自身、まだ不安は残っている。

だが、どれだけ考えても答えは変わらないのだろう。

「ラス様、では……！」

すぐ側で控えていたメリーが期待を込めた瞳でクラウディアに声をかけた。

立ち上がったクラウディアは、不安と恥じらいを見せながらメリーに向かって微笑む。

「私にこの大役が務まるか、わからないけれど……」

「何を仰いますかっ！　ラス様をおいて、お館様の隣に立たれる方はこの世におりません！　お館様も大変お喜びになるでしょうっ！」

「そうかしら……？」

「はいっ!!」

メリーは顔中に喜びを表し、突然クラウディアの前で跪《ひざまず》いた。

「メ、メリー!?」

「ラス様。このメリー……もといメアリ・サンゲスト・スケルターは、ラス様の盾となり、生涯忠誠を捧げると誓います」

メリーのとった行動は騎士の誓いだった。しかもこれは生涯に主君一人としか交わせない終身契約だ。

「メリー、待って!?　それはっ……！」

「おそれながら私の本当の身分はアサラト公爵家の騎士です。今は名目上ラス様の侍女を務めさせていただいておりますが、本来は公爵家騎士団の副官なのです。ですのでどうか、ラス様に誓いを立てさせてください！」

跪《ひざまず》いたままメリーは動かない。

クラウディアは初めての出来事に混乱している。

ゴクリと息を呑み、クラウディアは跪《ひざまず》いているメリーの頭へそっと手を置いた。

「わ、わかりました。メリー、私は貴女の剣となり、いかなる敵も、排除します……」

これで王国式の終身契約が成立する。

クラウディアはこのやり取りを使用人時代に見ていたのでどうにか受けることができた。

ただ誓いを受け取った今でも、まだ震えと動悸が治まらない。

それほど騎士の誓いというものは、捧げるほうも捧げられるほうも、相応の責任を負うことになるからだ。

「ありがたき幸せ！　この不肖メリー、生涯にわたり命に替えてもラス様をお守りいたします！」

「ありがとう、メリー」

メリーの勢いにクラウディアも苦笑を漏らす。

のちにメリーは王国随一の女傑騎士となる。

◇◇

考えるには短すぎる期間があっという間に過ぎ、夜になっていた。

明日にはもうアサラト公爵家へ帰らなければならない。

自分の答えを見つけ、別邸での休暇を楽しんでいたクラウディアは、ここでしかない湯殿という広いお風呂に浸かりながら心身を癒やしていた。

一部屋の半分が浴場になっており、豊富に湧き出るお湯は外から汲み上げているようだ。

クラウディアは湯けむり漂う贅沢な湯に浸かり、至極の幸せを味わっていた。

「ラス様。そろそろ部屋を移動して、香油で全身解《ほぐ》していきましょう」

湯殿を満喫したクラウディアは、メリーの声で湯から上がり別の部屋へと移動した。

「羽織は脱いでいただき、こちらの台で横になっていてください。うつ伏せで結構です」

「わかったわ」

ガウンを脱いで台の上でうつ伏せたクラウディアの上に、メリーは身体が隠れるくらい大判のタオルをそっとかける。

「ただいま、温めた香油を取ってまいりますね。すぐに戻りますのでそのままでお待ちください」

メリーは慌ただしく部屋を出ていった。

ずっとこれからのことを考えていて夜もまともに眠れず、うつ伏せになりながらうとうとしていた。少しだけ……そう思い、クラウディアは目を閉じた。

いつの間にか眠ってしまったクラウディアは、肌寒さと生温かい感触を背中に感じ、意識を浮上させた。

「ん……、っ……メリー……？」

声をかけるが返事はなく、おかしいと思いながらも施される背中へのマッサージにうっとりとまた目を閉じた。

メリーにしては力強く、痛いわけではないがいつものきめ細やかな動作よりも乱雑さが窺《うかが》えた。

腰から背筋に沿い、いつもより大きな手のひらで擦られる感覚に違和感を覚える。

「っ……、ぁ……」

ぐっと絶妙な力加減で腕や背中を揉まれると、思わず吐息が漏れる。

「ふっ……ぁっ、は……」

臀部や足にも直接香油が垂らされ、それを塗り拡げるように手のひらが滑っていく。

「ぅ……ぁ……」

足首から太ももを通り脚の付け根まで、ぬるぬるした香油で滑りの良くなった手で軽く力を込めながら揉み解《ほぐ》されていく。

特に脚の付け根から臀部の際どい場所を丁寧に揉まれ、クラウディアは思わず出そうになる声を必死で抑えた。

「う、……ん、めりぃ……」

ぐっと力を込めて肉の薄い臀部を揉まれ、いけないと思いながらもすぐ側の秘部が疼く。

「待っ、て……」

クラウディアが戸惑うほど大胆な手の動きに、寝そべっていた顔を上げ、後ろを振り返った。

そしてそこにいた人物を見て、思いきり目を見開いてしまった。

「なっ、ジークっ⁉　……なぜ、ここに？」

うつ伏せで寝そべっているクラウディアの臀部を執拗に弄っていたのはメリーではなく、ジークフリートだった。

「ようやく気づいたか」

「ぁ、何を……」

「メアリの代わりにそなたの身体を解《ほぐ》しているだけだ」

話しながらもジークフリートの手は止まらず、臀部を鷲掴みにし、なだらかな双丘を揉み解《ほぐ》していく。

「あっ、ぅ……貴方が、ぁっ、そのよう、な……あっ！」

身体を弄る指使いから逃れようと上体を起こすが、すぐジークフリートの手によって元に戻された。

「安心しろ。私はメリーよりもうまいぞ？」

含みを持って言われた言葉に、かぁーとクラウディアの頬が赤くなる。

ジークフリートはクラウディアの身体に手をかけ、遠慮なく揉み解《ほぐ》していく。

「これでも騎士団に所属して人体について学んでいる。ある程度の施術も教えられているからな」

たしかにジークフリートの指使いは巧みで、大きな手で脚や腕を圧迫されると恍惚とした気分になる。

「……ふ、ぁ……」

臀部を掴み滑っていた手が、今度はまたスラリと伸びた細い足へと移動する。

「どうだ？　いいだろう……？」

たしかに心地好いのだが、なぜかジークフリートにされると、言葉も手つきも違う意味に感じ取ってしまう。

足首から脚の付け根まで、香油で滑るように移動するジークフリートの手に、クラウディアは身を捩《よじ》って抵抗する。

「ん……ッ、ジーク、もぅ……も、結構ですっ」

脚の付け根を滑る親指が、臀部との狭間にあるクラウディアの蜜口に当たる。

「――あっ！」

ジークフリートの親指が香油の滑りを借り、隠されていた秘部の湿った膣内に侵入する。

「やぁっ……！」

明確な意図を持って差しこまれた親指が、膣内を探るように動いていく。

「ジークっ……ぁ、指……が……！」

その状態のままジークフリートは素知らぬ顔でまだマッサージを続けている。

大きな手が肉の薄い臀部を揉み、その揉まれる動きと共に親指もクラウディアの膣内を出入りしている。

「はぁっ……！　や……あっ……」

丁寧だが強弱をつけて揉まれるたびに指が膣内を擦り、浅い場所を擦られるもどかしい感覚に思わず身体が動く。

「どうした？」

何も気づいていないかのように振る舞っているジークフリート。

「もぅ、ぁ……大丈夫……です……」

ジークフリートの手から逃れようと、台の上のほうへと身体をずらしていく。

「まだ終わっていないぞ。次は前だ」

逃げようとするクラウディアの身体を両手で掴み、くるりと反転させる。

「きゃっ！」

クラウディアは慌てて身体を両手で隠すが、そんなものは無駄な抵抗で終わる。

隠しきれていない括《くび》れた腹に香油が上から垂らされ、クラウディアの手を退《ど》けるようにジークフリートの手のひらが無遠慮に細腰を掴んだ。

「手を退《ど》けるんだ」

ジークフリートは台に寝そべったクラウディアを上から見下ろし、向かい合った状態で凄んでくる。クラウディアは涙目になりながら隠していた胸元からおずおずと手を外した。

「初めからそうしていればいい。今さら隠す必要などないだろう？」

裸を晒すことを当たり前のように言われるが、そう簡単に羞恥心を捨てられるはずもない。何度見られても自分の裸を他人に晒すことに到底慣れるものではなかった。

「もう、十分ですから……ひゃっ！」

話している途中だが、ジークフリートの手はクラウディアの腰から上に向かい、滑《なめ》らかな肌を滑り魅惑的な弧を描く乳房まで到達する。

「やぁっ！」

ジークフリートは香油のぬめりを借りながら、柔らかな乳房を両手で掴み、ツンと立ち上がっている突起を押し潰しながら揉み解《ほぐ》していく。

「んぁッ！　あッ、ぁ……」

ジークフリートが丹念に揉み、指先が硬く尖った突起を掠《かす》めるたびにクラウディアの身体はビクビクと顕著に反応する。

「ここはずいぶん、反応が良い」

ジークフリートはクラウディアの素直な反応に、目を細め深く笑みを刻む。

クラウディアは力なく首を振るが止めてもらえるわけもなく、ジークフリートは執拗に中央の突起をきゅっと摘《つま》み、捏ね回している。

「ん！　は、ぅっ、……んッ、やめ……っ！」

香油で指先がつるつると滑り、敏感な先端を刺激されると子宮が疼き、膣内から蜜があふれていく。冷めたはずの身体は熱く火照《ほて》り、ジークフリートの指先に翻弄《ほんろう》されていく。

「全身だからな。こちらも解《ほぐ》さなくては……」

散々乳房を弄ばれ、はぁ、はぁ……と熱い吐息をもらし、クラウディアはくたりと台に身体を預けた。

そんなクラウディアを楽しげに見ながら、ジークフリートの手が下腹部へと下りていく。丸みを帯びた乳房から離れ細く括《くび》れた腰を伝い、ジークフリートの手は遠慮もなくクラウディアの秘部へ触れた。

「んっ！　……ぁっ」

長い指が脚の付け根から蜜の滴《したた》る蜜口を撫でると、クラウディアの身体がビクリと跳ねる。

「やっ……！」

「ココは香油を使っていないはずだが……ずいぶんと濡れているな？」

笑いながら話すジークフリートの手から逃れるように再び身体を台の上へと移動させるが、ジークフリートはクラウディアの太ももを掴み、それを阻止する。

クラウディアの身体を台の端まで引き摺り、膝を立たせた。

「ココも、よく解《ほぐ》さないとな……」

太ももを掴んでいた手が再び濡れる蜜口へと伸び、大きく開かされた足を閉じられないよう身体を入れ、膨れた陰核を指先で捏ねていく。

「ひッ！　あぁっ！」

敏感な粒を、蜜と香油のぬめりで擦りながら愛撫を施す。

くちゅくちゅと音を響かせ指を動かされると、全身に痺れに似た甘い快楽が走る。必死でその感覚から逃れようとジークフリートの身体を挟む脚に力を込めた。

「はッ、んん！」

「悦いか？」

緩く首を横に振り、熱く息を乱し甘い刺激に跳ねる身体を持て余している。

れる。


「はっ、そなたは相変わらずだ」

薄く笑いながら陰核を弄っていた指先が下へと滑り、ヒクつく膣内へと抵抗もなく指が呑み込まれる。

「やッ！　ぁ……あぁっ‼」

ジークフリートの指をクラウディアの肉壁が離すまいと締めつける。口端を上げたジークフリートは、すぐに次の指を増やし、膣内を掻き回すように蹂躙《じゅうりん》していく。

「あッ！　んぁ……あ、ふ……ぁ！」

目の前で淫らに悶えるクラウディアの様子を、ジークフリートは楽しげに眺めている。

「んんっ……も、……だめぇ……！」

ぐちゅぐちゅという音が室内に響くほど台座に滴《したた》る愛液。ジークフリートはずるりと指を抜いた。

「やっ！　は……ぁ……」

突然の喪失感にクラウディアはキツく閉じていた目を薄っすらと開けた。

ジークフリートは何を思ったのか、すでに硬く起立する自らの熱い塊を外へと取り出す。

「指だと奥まで届かない。仕方ないから、特別にコレを使って奥まで解《ほぐ》してやろう」

涙を流し、口から熱い吐息をこぼしているクラウディアに向かい妖艶に笑うと、ジークフリートは愛液で濡れた蜜口に猛った切っ先を埋める。

「やっ……、お待ちっ……ッ！」

太い亀頭がうねる肉壁を抉《こ》じ開けるように、ジークフリートは強引に挿入した。

「ひっ、――あぁッ‼」

緋色の目を大きく開き、絶対的な熱量を奥まで感じ、身体を仰け反らせ絶頂へと達する。

度重なる愛撫に蕩けきった膣内は、ジークフリートの肉棒を切なく締め上げ、吸いつくように何度も精を搾り取ろうと蠢いている。

「つく……ぅ！　はぁっ、……挿れただけで、達したか」

ジークフリートは精悍な顔を歪める。台の上で甘い余韻にビクビクと身体を震わせ、快楽に溺れているクラウディアの様子を満足そうに眺めている。

「はっ、あ……ぅ……ふっ……」

「私に……こうされることを、待ちわびていたか？」

動きを止めていたジークフリートとは反対に、クラウディアはようやく与えられた絶頂に、さらに貪欲に甘い感覚を得ようと腰を揺らし身体を震わせる。

「んっ、……ん、ん、……ぁ、あっ！」

ジークフリートは繋がった楔を動かし、まだ蠕動《ぜんどう》している膣内を容赦なく突き上げていく。

「やッ……だ、めっ、……あっ、あッ‼」

激しく与えられる快楽に耐えられず、狂ったように頭を振って狭い台でまた身体を仰け反らす。

絶頂を迎えて間もないのに肉棒に抜き差しされ、太い切っ先で激しく穿《うが》たれる隘路《あいろ》が悦びに震える。

熱い杭が埋め込まれた蜜口からはしたなく蜜があふれ、飛び散りながら台を次々濡らしていった。

「はっ！　んッ！　……んっ！」

クラウディアの太ももを押さえ、辺りに音が響くほど腰を打ちつける。

支えの脆い台はガタガタと音を立て、台の上の交わりに悲鳴を上げていた。

「ぅ……そんなに……くッ、いい、か？」

すでに余裕のないクラウディアはジークフリートの問いかけに答えることもできず、ただ迫りくる熱い奔流にすべての意識と感覚を奪われている。

敏感な膣内を滑るように硬く太いモノで擦られる感覚が堪らなく、子宮を直接突かれているような甘い疼きに翻弄《ほんろう》されれどうにかなってしまいそうだ。

「はぁっ！　ジークッ……あッ、ァ！　もっ……ん！」

「ふっ……！　私、も……限界だッ……」

ジークフリートも最後を促すようさらに激しく抽挿を繰り返す。最奥を硬い切っ先で強く突かれ、クラウディアはまた絶頂へ昇りつめた。

「あ、あぁ！　んッ……やぁッッ!!」

クラウディアは台の上で大きく仰け反り、激しい悦楽に震えながら絶頂を極めた。

また腰を動かしていたジークフリートも、絡まる膣内の締め上げに耐え切れず熱い迸りを膣内へと吐き出す。

「ぐっ！　……はっ、ぅく……」

クラウディアの太ももを掴んでいた手に力が籠もり、腰を奥へと押し付ける。最後の一滴まで残さず、自らの精をクラウディアへと注ぎこんだ。

部屋に二人の荒い呼吸と熱気が籠もり、ジークフリートはクラウディアの膣内から凶器をずるりと抜く。

「んッ！」

抜かれた喪失感にクラウディアは身を捩《よじ》らせると、狭い台から落ちそうになる。

すかさずジークフリートが軽々抱え上げ、スタスタと歩き出した。

「ぁ……、ジー……ク……どこ……へ？」

余韻も冷めぬうちに裸のまま連れていかれ、クラウディアは息を整えながら不安げにジークフリートに尋ねる。

「湯殿だ。身体が汚れてしまったからな。洗ってやる」

「あ、洗う……？」

抱えられながら言われた言葉に、クラウディアは頬を染めながら即座に抵抗した。

「そんなッ……け、結構です。自分で、できます……」

両手で身体を隠しながら必死にジークフリートから逃れようと腕の中で抗議する。

歩きながら隣接していた扉を開けて、先ほどまでのんびりと浸かっていた湯殿に再び戻ってきてしまった。

「身体を洗うだけだと言っている。それとも、何か期待しているのか？」

口の端を上げ、ジークフリートは揶揄《からか》うように話す。

湯煙が漂う湯殿にジークフリートの声が反響し、顔がカッと赤くなる。

（私は期待して騒いだわけじゃなく、ただ……身体を好きにされるのは……）

そこまで考え、クラウディアはまた顔を赤らめる。

触れられることも、罰だと思いながら情事を繰り返されたことも、自分がジークフリートに抱かれることを嫌だと思っていないから、されるがままにしていた。

目の前のジークフリートを、朱に染まった顔で見上げる。

精悍な顔立ちにあふれ出る大人の色気、高貴な銀色の髪に鋭く見つめる黄緑色の瞳。

クラウディアの鼓動が速くなり、なぜだかわからないが胸がざわめき、また逃げ出したい気持ちになる。

「どうした？　急に大人しくなって……」

「い、いえ……」

ジッと見ていた視線を思わず横へと逸らした。クラウディアにもわからないこの落ち着かない気持ちをどうにか静めるためにも、早く一人になりたかった。

ジークフリートはクラウディアを湯殿の床に敷かれている敷物の上へと座らせ、その場で着ていた衣類を次々脱いでいく。次第に露わになる逞しい身体を直視できず、目を逸らして湯殿へと視線を移した。

すべて脱ぎ終え、裸体になったジークフリートが背後からクラウディアの身体を引き寄せる。

「あっ」

直接触れる素肌に力強い腕の感触、抱きしめられる感覚に慣れず、ぎゅっと瞳を閉じながら身体を震わせる。

「さぁ、ラス。そなたの答えを聞かせろ」

湯殿にジークフリートの声が響き、クラウディアは動揺する。

「時間は十分にやったぞ」

身体を離され、黄緑色の瞳がクラウディアを見つめる。

ジークフリートにとって長い期間だったのかもしれないが、クラウディアにとっては短すぎる時間だった。

心臓が早鐘を打ち、身体が緊張で震える。

これを言ったが最後、後戻りはできない。

クラウディアは勇気を振り絞って正面を向き、ジークフリートの身体に手を伸ばして自ら抱きついた。

「ラスっ……!?」

今までにないクラウディアの行動に、ジークフリートのほうが戸惑いの声を上げている。

まだクラウディアの身体の震えも治まらず、ジークフリートの背中に回した手も遠慮がちに触れるほどだ。

「わ、私はっ……何も、持っておりません！　助けにも慰めにもなりはしません。それでも……貴方が私を望むのなら……私は、貴方と共に生きていきたいと思います」

緊張のしすぎで言葉が上手く紡げず、声も不安に揺れていた。

そしてこの答えが正解なのかもわからない。

震える身体を寒いと勘違いしたのか、ジークフリートはクラウディアを抱え上げた。

「あ……」

そのまま湯が湧いている湯殿へ足を入れ、身体を沈めていく。

「お待ちください！　まだ身体が汚れていますっ」

慌ててジークフリートの腕から逃れようとしたが、ジークフリートは気にすることもせず湯に浸かった。

「ジークっ」

まだ身体中に香油がついている。本来なら洗い流してから湯浴みするのが常識だ。

クラウディアは信じられない思いでジークフリートを見た。

「騒ぐな。湯殿は常に湯が入れ替わっている。気にする必要などない」

冷静に話しているジークフリートにクラウディアは腑に落ちない気分だ。湯浴みは贅沢の極みで、庶民には簡単にすることもできない。

沸かしたお湯で身体を拭くくらいが精一杯なのだ。

「くくくっ……」

クラウディアを膝に乗せたまま、湯に浸かるジークフリートが突然笑い出した。

「……ジーク？　どうか、されました？」

ジークフリートがこんなふうに笑うことなど珍しい。

思わず顔を上げてジークフリートの顔を見つめた。

何がこの冷血漢の興に乗じたのか。先ほど勇気を振り絞って言った言葉も、なんとなくうやむやにされた気分だ。

「いや……自分で思っていた以上に、そなたの言葉や行動に舞い上がっているようだ」

見上げたジークフリートの笑った顔がとても柔らかで、今まで見たこともないほど優しく、愛しさにあふれる表情をしていた。

「――ッ」

途端にクラウディアの心臓が落ち着かないほど高鳴り、ぱっとジークフリートから視線を逸らした。

初めて見るジークフリートの表情に、クラウディア自身わからないくらい心が掻き乱された。

「ラス、顔を逸らすな」

ジークフリートは湯から手を出し、クラウディアの顎を捉え、ぐいっと上を向かせる。

「ジーク……」

「そなたの覚悟、しかと受け取った。決して後悔させはしない」

その言葉のあと、精悍な顔が近づき、唇を深く奪われた。

「んッ……！」

すぐに舌が差し込まれ、腔内を蹂躙《じゅうりん》するようにクラウディアの舌を絡め取り、口の端から唾液が垂れ、くぐもった声と共に濡れた音が湯殿に響く。

「ふっ、ぅ……はぁ……」

唇が離されてなお、ジークフリートはクラウディアの唇を舐め、舌の感触にゾクリと背中が震える。

「んぅ……んッ」

上を向かされた状態でまたジークフリートが深く唇を合わせ、クラウディアの舌を絡めるように貪ったあと、唇を離した。

「はぁ、あ……」

離れた唇から糸が引き、クラウディアの口の端から唾液が垂れる。

「ラス……ようやく、そなたを手に入れた……」

閉じていた目を開けると目の前の精悍な顔はやはりまだ嬉しそうに笑っていて、クラウディアを堪らない気持ちにさせた。

(私が……この人に、こんな顔をさせてるの？　微笑むことすら滅多になく、いつも不機嫌そうな顔しているのに。――私だから……)

この気持ちをどう表現していいのか、クラウディアにはわからなかった。

嬉しさなのか切なさなのか、はたまた愛しさなのか。

今までに感じたことのない複雑な想いが押し寄せ、胸がきゅっと締め付けられた。

「ラス？」

急に俯いたクラウディアを訝しく思ったのか、ジークフリートが顔を覗き込んでいる。

「あの、ジークっ！」

意を決したようにクラウディアは顔を上げる。

「なんだ？」

見上げたクラウディアの顔がどこか思い詰めていて、ジークフリートはまだ訝しげにクラウディアを見ている。

「私のことは、ラスではなく……クラウディア、とお呼びください」

「クラウディア？」

今までずっと言えず、むしろ言う意味もないと思っていた本当の名前。

クラウディアがこの世に生を享《う》けて名付けられてから、呼ばれたことなど数えるほどもない、今では誰も知ることのない名だった。

「はい。今では名乗ることを許されていませんが、私の実名は、クラウディア・ディ・ラウル・ド・アタナシオスと申します」

クラウディアが人前で自分の正式な名を名乗ったのは、これが初めてかもしれない。

湯殿内に反響する自分の声に緊張が混じる。

「……それが、そなたの真の名か？」

緊張しながら見つめていたジークフリートがぽつりと呟いた。

「はい」

ラスでもクラウディアでも、ジークフリートにはどうでもいいのかもしれない。

だが、クラウディアにとって自分の名を告げることはとても重要だった。

「そなたに相応《ふさわ》しく美しい名だ。そのほうがしっくりくる……クラウディア」

「ジークっ……」

見る間に緋色の瞳が潤み、見上げていた目尻の端から涙がこぼれ落ちた。

「なぜ泣く？」

はらはらとこぼれ落ちていく涙が湯の中へと消えていく。

クラウディアは顔を下に向け、両手で顔を覆った。

「今生で自分の名を呼ばれることは……もうないと諦めて……おりました……」

ジークフリートはクラウディアの身体を引き寄せ、自らの胸に押しつけた。

「泣くな。これからいくらでも呼んでやる」

普通の男性なら、もっと気の利いた優しい慰めをするのかもしれない。

だが、ぶっきらぼうで冷淡なジークフリートにはこれが最大の優しさなのだろうと思い、下手な慰めの言葉をかけられるより嬉しく感じた。

「……はい」

自分の本来の名も、生きていることさえも、なんの意味もないと思っていた。

しかし、ここに連れてこられジークフリートに必要とされ、初めて自分の存在意義を見出せた気がした。

「こっちを向け。クラウディア」

押し付けられていた逞しい胸から顔を上げ、ジークフリートを見つめる。

初めて呼ばれる名前がどこかこそばゆい。

「ジー……ク……」

頬を濡れた手が包み、昔憧れた精悍な顔がクラウディアに近づく。

「んっ」

クラウディアもゆっくり目を閉じ、与えられる唇の感触に酔いしれた。

その後も湯殿で激しく攻められ、のぼせてしまったクラウディアは、ジークフリートに抱えられながら湯殿をあとにしたのだった。

終章　幸せのカタチ

部屋に戻り、ぐったりしたクラウディアをベッドへ横たえ、ジークフリートが口移しで水を飲ませている。

「ん……」

重なり合った口の端から水滴が滴《したた》り落ち、クラウディアの頬を濡らした。

ゆっくりと目を開いたクラウディアは目の前の精悍な顔を見る。

「ジーク……？」

「気づいたか？　……飲め」

いつの間に着せられたのかガウンをまとっており、上半身をジークフリートに起こされた。

支えられながらコップに注がれた残りの水を口元に当て、ゆっくりと飲んでいく。

半分ほどコップを空け、またベッドへと横になった。

まだ少し目が回り身体も重怠《おもだる》い。

「無理をさせた。その……悪かった」

自ら非を認めることなど滅多にないジークフリートが、珍しく顔を横に向けて視線を逸らした。

「歯止めが利かなかった」

バツの悪そうな顔をして俯いている。

その表情が叱られた時のオースティンの顔に似ていて思わず微笑んだ。

「何を笑っている」

クラウディアが笑っていたことに気づいたのか、ジークフリートが不機嫌そうに言い放つ。

これまでもジークフリートに身体を好きなように弄ばれ、起き上がれないこともしばしばあったが、謝られたのはこれが初めてだった。

「ふふっ、いえ……」

水分を取ったおかげか、先ほどまでの気分の悪さがだいぶ落ち着いてきた。

身体の怠《だる》さは取れないので起き上がることはできないが、話すことならできた。

ジークフリートはコップをテーブルに置き、自らもベッドへ入った。

隣に横たわったジークフリートを見ながら、クラウディアが口を開いた。

「ジーク。このような場で申し訳ありませんが……私の生い立ちについて話したいと思います」

これはジークフリートと約束していたことだ。

蝋燭が揺れる薄暗い部屋の中、クラウディアは正面を向いてぽつりぽつりと話し出した。

「私は生まれた時からずっと、王宮の離宮で暮らしておりました……」

出生による母の死、それと同時に父王はクラウディアへ興味を失い、ほどなく離宮へと追いやられ長い間幽閉されていた。

そして乳母の死と共に使用人が減り、不当な扱いを受け始め、空腹に悩んだ末、離宮を抜け出し使用人として働き出した。クラウディアにとってそれは惨めな人生だった。

華やかで優雅な道を歩んできたジークフリートには想像もできないだろう。

クラウディアが話している間、ジークフリートは静かに聞いていた。隣で横になったままずっと無言だった。

クラウディアにはとても長く感じる時間をかけ、自分のこれまでについて話し終えた。少しだけ疲れてしまい、ふぅ……と息を吐く。

「……クラウディア」

黙って聞いていたジークフリートが不意にクラウディアの名前を呼んだ。

「……はい」

まだ呼ばれ慣れていない自分の名前。

それに妙な違和感と新鮮さと嬉しさを覚えながら返事をした。

ジークフリートは何か考えるように、クラウディアではなく枕元を見ていた。

「よくぞ話してくれた。これまで踏み留まっていたが、そなたの話を聞いて決心がついた」

「決心……ですか？」

「あとのことは私に任せろ。そなたがこれまで受けてきたもの以上の報いを、そなたを虐げてきた奴らに思い知らせてやる」

ジークフリートは青筋を立て、ベッドに置いた手を力強く握りしめていた。

しかしクラウディアはふるふると首を横に振った。

「ジーク、私は……誰も恨んでおりません」

「なぜだ」

ジークフリートは腕を伸ばしてクラウディアの身体を引き寄せ、自ら胸に押し付けるように抱きしめた。

「私は……王族としての義務も果たさず、自分勝手な考えで貴方を苦しめ……挙げ句、身籠《みごも》った上に身分も剥奪され、追放されました」

クラウディアはジークフリートの腕の中で静かに目蓋を閉じる。

「……すべて私に定められた運命で、愚かな自分が犯した過ちのせいだからです。……このような私に、幸せになる資格などないと思っておりました」

呟くように語られるクラウディアの言葉を聞き、ジークフリートは抱きしめていた腕をさらに強く引き寄せた。

「馬鹿者が。そんな資格など必要ない。誰にも文句を言わせぬほど、そなたを幸せにしてやる」

苦しいくらいの抱擁がジークフリートの気持ちを表しているようで、クラウディアの心が嬉しさで満たされていく。

「っ、ジークッ……ありがとう、ございます……」

長い年月を経て、ようやく辿《たど》り着いた答え。

クラウディアの緋色の瞳から涙が流れる。

そのまま二人で抱き合い、知らない内に眠りについていた。

翌朝。

クラウディアが目覚めると、珍しく隣でジークフリートが寝ていた。

夜を共にした後でも、朝目覚めると必ずいつも一人だった。

ジークフリートはまだ目覚めていないのか、クラウディアの隣で眠りについていた。

(この人が、ここまで無防備な姿を見せるなんて……)

いつもは黄緑色の鋭い瞳を向け、威圧的に相手に接しているが、目を瞑っているジークフリートは見たこともないほど穏やかで、やはり見惚れるほど精悍な顔立ちをしている。

クラウディアは無意識にジークフリートの髪へと手を伸ばした。

(私がジークの妻になるということは、ジークが私の夫になる……私たちが夫婦になるということ?)

クラウディアは触れていた手をとっさに引っ込めた。

今までとにかくがむしゃらに生きてきた。

ただ生きることに精一杯だった。

オースティンが産まれてからは、オースティンを育てることだけが生き甲斐だった。

弱音も吐けず、誰にも頼らず……ただただ必死に駆け抜けてきた人生だった。

(私は……この人を、頼って生きてもいいの？　自分がどうにかしなければいけなかったこの殺伐とした生を……ようやく、誰かと寄り添いながら歩んでいける……)

そう思うと、クラウディアの瞳から涙があふれた。

肩の荷が下りたような、足枷を外されたような……そんな解放された気分になれた。

やはりクラウディアはジークフリートに惹かれており、消えかけていた心の底にある恋情を止めることなどできなかった。

「……何をしてる」

「ぁ……」

寝ていたはずのジークフリートが目を開け、泣いていたクラウディアの頬に手を当てた。

「なぜ、泣いているんだ？」

初めて見る寝起きのジークフリートは、どこか気怠《けだる》げで大人の色香が漂い、クラウディアの胸がトクンと跳ねた。

「いえ。なんでも、ありません……」

「また何か考えていたのだろう？　はっきりと話せ」

止まってしまった涙を拭うように、ジークフリートはクラウディアの目元に唇を寄せる。

「んっ……。あ、あの、ただ……」

「ただ、なんだ？」

「幸せだな……と、思いまして」

「ッ！」

ポソッと呟いたクラウディアの言葉を聞き、ジークフリートは頬を引き寄せて性急に唇を奪う。

「んッ」

深く唇が重なり、クラウディアの心と身体を満たしていく。

（——あぁ。私は今でも、ジークを愛しいと思っているのね……）

自分の気持ちと向き合い、ここにきてようやくジークフリートを愛していると認めることができた。

しばらくして唇が離れる。

「はぁっ……」

「そなたはもう少し、自分の発言に気を付けたほうがいい。そんな風に言われては、朝から攻められても文句は言えんぞ」

「ぇ……」

離された唇からすぐ近くで不穏な言葉が紡がれる。

すでに昨晩攻められすぎて身体が重いが、それでも不思議と求められることは嫌ではなかった。

「や、優しくして……くださるの、でしたら……」

恥じらいながら目を伏せ、頬を朱に染めたクラウディアを目の当たりにし、ジークフリートが低く唸った。

「優しく、か。努力はするが……加減できそうにないな。これもすべて、そなたが愛らしいせいだ」

「っ……、ジーク」

言われ慣れない甘い言葉をかけられることが酷くむず痒い。

ジークフリートの精悍な顔が近づき、再び唇が重なる。クラウディアの着ていたガウンの紐がするりと解《ほど》かれ、隙間から柔らかな乳房に手が伸びる。

朝の日差しの中、クラウディアはまた立ち上がれなくなるまで甘く攻められた。

◇◇

それからアサラト公爵邸へと戻り、ジークフリートはクラウディアとの婚姻を発表した。

公爵家ともなると婚姻するにも相応の身分が必要なのだが、何をどう説得したのかジークフリートは身分すら剥奪されたクラウディアとの婚姻の許可をもぎ取ってきた。

貴族社会に精通していないクラウディアでさえ、それが難しいことだとわかっている。

詳しいことをジークフリートに問いただしたが、当の本人は許可されたこと以外は教えてはくれなかった。


その数ヶ月後、婚約を飛ばしての婚姻は異例だったが、厳かに式が行われた。

傍らにはオースティン、メリー、ブライアン、スティーブン。そして前アサラト公爵夫妻と、アサラト公爵家の騎士団や使用人たちのみ。

他の貴族や王族さえも一切排除した、異例で静かな式だった。

「クラウディア。生涯をかけて、そなただけを愛そう」

「はい、ジーク。私も生涯を貴方に捧げます……」

荘厳な教会で、ジークフリートとクラウディアが誓いのキスを交わした。


教会の外は、日射しが眩しく二人を照らしていた。

「お館様！　クラウディア様！　おめでとうございます!!」

「お二人共、お幸せにーー!!」

籠に入った色とりどりの花びらが舞い散る中、参列者たちが二人を祝福していた。

「オースティン、こっちへ来い」

「え？　ぼ、僕……??」

正装した騎士服姿のジークフリートが、脇で控えていたチョッキ姿のオースティンを呼んだ。

オースティンは不思議そうにジークフリートとクラウディアのもとまでとことこ歩いてくる。

するとジークフリートは純白のドレスを身にまとったクラウディアとオースティンを左右に抱いて、勢いよく持ち上げた。

「わっ！」

「きゃあ、ジークっ！」

「ふっ」

そこには三人の幸せな笑顔と、微笑ましい光景があふれていた。

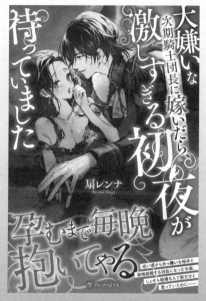

この作品に対する皆様のご意見・ご感想をお待ちしております。

おハガキ・お手紙は以下の宛先にお送りください。

【宛先】

〒150-6008 東京都渋谷区恵比寿4-20-3 恵比寿ｶﾞｰﾃﾞﾝﾌﾟﾚｲｽﾀﾜｰ 8F
（株）アルファポリス　書籍感想係

メールフォームでのご意見・ご感想は右のＱＲコードから、
あるいは以下のワードで検索をかけてください。

アルファポリス　書籍の感想　検索

ご感想はこちらから

本書は、「アルファポリス」（https://www.alphapolis.co.jp/）に掲載されていたものを、
改題・改稿のうえ、書籍化したものです。

虐《しいた》げられた第八王女《だいはちおうじょ》は冷酷公爵《れいこくこうしゃく》に愛《あい》される

柚月ウリ坊（ゆづき うりぼう）

2023年 11月 25日初版発行

編集－山田伊亮
編集長－倉持真理
発行者－梶本雄介
発行所－株式会社アルファポリス
〒150-6008 東京都渋谷区恵比寿4-20-3 恵比寿ｶﾞｰﾃﾞﾝﾌﾟﾚｲｽﾀﾜｰ8F
TEL 03-6277-1601（営業）　03-6277-1602（編集）
URL https://www.alphapolis.co.jp/
発売元－株式会社星雲社（共同出版社・流通責任出版社）
〒112-0005 東京都文京区水道1-3-30
TEL 03-3868-3275
装丁イラスト－れの子
装丁デザイン－AFTERGLOW
（レーベルフォーマットデザイン―團 夢見（imagejack））
印刷－中央精版印刷株式会社

価格はカバーに表示されてあります。

落丁乱丁の場合はアルファポリスまでご連絡ください。

送料は小社負担でお取り替えします。


ISBN978-4-434-32923-4 C0093